附雙CD

nihongo
e日本語 教育研究所
教育センター

我愛日本語

日本語大好き I

e日本語教育研究所　編著
白寄まゆみ　監修

楽しいよ！

Nihongo Daisuki

三民書局

前　言

　　e 日本語教育研究所是個「以學習者爲本位的知識協創型組織」，自2002 年 4 月 4 日成立以來，主要從事日語教育研究，並舉辦台灣等亞洲各國短期留學生的外語研修課程。

　　我們的主張 ──「教育絕對不是單向」。不同於一般教材單純只以教師爲出發點，本教材除了日語教育專家之外，並廣邀「有日語學習經驗者」、「目前正在學習日語者」、「有志從事日語教職者」以及「日本大學生」等，共同參與教材開發（意即協力創造，故名協創）。類似此舉將學習一方的「觀點」納入教材製作的做法，相信是以往不曾有的新例。從登場人物的設定，到故事的展開，在在都是以學習者的觀點作爲第一考量。

　　本教材於 2002 年初步完成，之後陸續經過多次修訂，除作爲 e 研內部研修課程使用外，並獲得外界，包含多家日語教育機構、日語教師養成講座等的賞識與使用，得到諸如：「能快樂學習」「終於等到這樣的教材了」等等許多令人欣喜的迴響。

　　此次，這套聆聽「學習者心聲」的創新教材，正式定名爲《日本語<ruby>大好き</ruby>(我愛日本語)》，委由三民書局出版。

　　在此謹向參與本教材製作的各方先進、協助出版的三民書局，以及《日本語大好き》的前身《愛ちゃんテキスト》的許多學習者，衷心表達感謝之意。也願我們的社會，能夠成爲本教材所欲傳達的理念，亦即一個充滿 " Love & Peace " 的社會。

全體編著者 謹識

凡 例

●對象

《我愛日本語》全 50 課，共分四冊，完全以初學日語的學習者爲對象所編寫。

●目標

本教材重視均衡習得「聽、說、讀、寫」四項技能，目標爲培養能聽懂對方話語以及傳達自我想法的運用力與溝通能力，並希冀學習者能從中感受到學習的樂趣。

●架構

《我愛日本語》除「課本」外，另有「ＣＤ」及「教師用書」。教學時數依學習對象與學習方式有所不同，建議每一課的學習時數以 3 小時爲宜。(全四冊的學習時數共約 150 小時)

●內容

1.「課本」

1) 第1課

50 音表、數字唸法、日常基本招呼用語等。

2) 第2課到第12課

各課單元如下：

① 単語リスト (單字表)

每課列表整理新出單字。爲方便有心報考日語能力測驗的學習者能有效率地記憶單字，特別以顏色區別 N4 (褐色)與 N5 (藍色)單字。

② イントロ (引文)

以中文引導課文中的故事情節，吸引學習者的興趣。

③ **本文** (課文)
〔ほんぶん〕

全教材貫穿“Love & Peace”的主題，隱含對22世紀成為充滿愛與和平的世界的期盼。藉由教科書前所未見的登場人物設定，跟隨主角的各種生活場景展開故事情節。故事內容涵蓋對未來生活的想像、未來與現代社會的落差、不同文化之間的交流等，能令學習者興致盎然，在閱讀中內化該課習得的句型。

④ **文型** (句型)
〔ぶんけい〕

以 ◯ 圖框及底線凸顯每課基本句型，將文法結構以視覺方式呈現，下方並有例句或簡短對話提示在實際生活中如何使用。

⑤ **練習** (練習)
〔れんしゅう〕

練習方式多元化，幫助學習者徹底熟悉基本句型。練習時請按照提示，模仿例句學習。

⑥ **話しましょう** (開口說)
〔はな〕

透過對話練習可以了解基本句型在實際場景如何使用、如何發揮談話功能。提供練習的對話雖然簡短，經過改換字彙就成了替代練習，大幅增加開口說話的機會。

⑦ **e 研講座** (e 研講座)
〔けんこう ざ〕

內容為整理該課出現的文法事項，或是提供相關字，以最有利於吸收的方式增加單字量。取材於學習者感興趣的問題，從而增進對日語文相關知識的理解。

⑧ **知恵 袋** (智慧袋)
〔ち え ぶくろ〕

題材涵蓋不只日語學習，同時希望學習者能深入理解日本、日本人、日本文化、日本的生活、日本的習慣等的小專欄，足見編著者的用心。

3) 索引・補充單字

書後索引按照 50 音排列各課新出字彙、重要語句等，並標明首次出現的課次。至於散見於各課但未列在單字表的補充單字，則依頁次順序另做整理，加上重音及中譯，附於索引之後。

2. CD

　　CD錄有各課新出字彙、課文、開口說等單元內容。希望學習者除了留意重音與語調學習發音外，也能夠透過課文等的對話，熟悉自然的日語交談模式，習得聽力與說話的時機。

3. 表記注意事項

1) 漢字原則上依據「常用漢字表^{じょうようかんじひょう}」。「熟字訓^{じゅくじくん}」(由兩個以上漢字組成、唸法特殊的複合字)中若出現「常用漢字表^{じょうようかんじひょう}」之「付表^{ふひょう}(附表)」列出的漢字者，亦適用之。

2) 原則上依據「常用漢字表^{じょうようかんじひょう}」和「付表^{ふひょう}」標示漢字與假名讀音，唯考量到學習者的閱讀方便，有時亦不用漢字而僅用假名。

　　例： ある（有る・在る）　　　きのう（昨日）

致學習者的話

本書是專為日語初學者編寫的日語教科書。

書中許多設計，除了是要讓學習者學會如何在各種場合用日語溝通之外，更希望讓學習日語變成一件快樂的事。尤其是本書的最大特點 —— 擁有一般初級日語教科書沒有的「小說情節」。以 " Love & Peace " 為主題的故事，相信能夠吸引學習者在探索兩位主角「愛」與「思比佳」的故事同時，充滿樂趣地一步步靠自己的日語能力解開思比佳的秘密。

從初級教科書中首見的登場人物類型，到小說式的情節、漫畫般的插圖等等，都是希望藉由這些用心，吸引到更多學習者對日語產生興趣，進而繼續深入學習第二冊、第三冊、第四冊。

●本書特色

① 清楚標示日語能力測驗之 N 4 與 N 5 單字。

② 課程網羅日語能力測驗之 N 4 與 N 5 文法。

③ 本文創新融入帶點推理情節的故事編排。

④ 單元編排兼顧關連性，著重運用能力的養成。

⑤ 豐富多樣的補充字及圖表，幫助延伸學習。

⑥ 非為考試學習日語，為獲得日語能力而學習。

⑦ 可以學到現代日本社會中使用的自然會話。

⑧ 習得的是「實際生活中的日語」，而非「教室中的日語」。

⑨ 創意的學習流程建議

> 以「イントロ」引導學習興趣 → 進行「文型」有系統地學習 → 藉由「練習」深化印象 → 閱讀具有故事性的「本文」感受學習日語的樂趣 → 藉由連結日常場景的「話しましょう」提升溝通能力。
>
> 另外，從「知恵袋」了解日本、日本人及其文化、生活、習慣等，從「ｅ研講座」深入理解日語的相關知識。

●學習方式

① **熟記單字**。學語言的基本就在於背單字。背的時候不要只記單字，不妨連結相關事物的詞彙一起記。例如看到「<ruby>高<rt>たか</rt></ruby>い」這個單字時，可以記下如「<ruby>１０１<rt>いちまるいち</rt></ruby>ビルは<ruby>高<rt>たか</rt></ruby>いです。」的句子，即利用週遭事物與事實造個短句背誦，不僅容易記又能立即運用。

② **充分活用「<ruby>文型<rt>ぶんけい</rt></ruby>」**。「<ruby>文型<rt>ぶんけい</rt></ruby>(句型)」正如字面所示，是「<ruby>文<rt>ぶん</rt></ruby>の<ruby>型<rt>かた</rt></ruby>(句子的形態)」，請替換詞語多加練習，例如套用自己常用的詞彙或是感興趣的語句。練習時，不要只想著句型文法是否正確，最好連帶思考該句型是在什麼場合、什麼狀況下使用才適宜。例如在實際生活中，不可能有人拿著一本明眼人都知道是日文的書，口中卻介紹「これは<ruby>日本語<rt>にほんご</rt></ruby>の<ruby>本<rt>ほん</rt></ruby>です。」(但這卻是課堂上常見的實例)。理由是句子雖然是對的，但是不這麼用。應該是要連同句型使用的時機，在上述例子中爲用於介紹陌生的事物，也一併記住才正確。

文型之後，**請挑戰「<ruby>練習<rt>れんしゅう</rt></ruby>」**。在「文型」中有系統學習到的語句，可以藉由「練習」連結到日常生活中溝通應用。

③ 「イントロ」的中文說明是針對課文，幫助學習者更容易了解稍後的閱讀內容，以及引起其興趣。**讀完「イントロ」後再看課文**，學習者可以感受到即使是一大篇日語文章，卻能不費力地「看懂」的喜悅。隨著每一課的閱讀，逐步解開「スピカ」到底是何許人的謎團，期待後續的情節進展。

另外，聆聽ＣＤ的課文錄音，除了留意會話的重音、語調學習發音外，也能習慣自然的日語交談模式，學習聽解與說話的時機。強烈建議學習者模仿登場人物的口吻練習說看看。本教材編排著重日本社會中使用的自然會話，不同於以往僅以教室使用的日語作爲內容的教科書，所以能讓教室中的所學與實際社會接觸的日語零距離，馬上就可以運用。學了立即練習是上手的關鍵。課文後的Ｑ＆Ａ，不妨先以口頭回答，之後再書寫答案。

④ 進行「<ruby>話<rt>はな</rt></ruby>しましょう」。先分配Ａ與Ｂ等角色，數個人一起練習。第一遍**邊聽ＣＤ邊開口大聲說**，之後再自行練習，如此可以學習自然的發音。應用會話的部分可以自己更改語句，設計對話。不要害怕說錯，想要提高會話能力就要積極開口說，持續不間斷。

⑤「知恵袋」是依據該課出現的內容，就相關的日本、日本人、日本文化、日本的生活、日本的習慣等面向作介紹。了解日本，並用於幫助實際的對話溝通。

⑥「e研講座」是整理與釐清日語學習者腦海中可能出現的問題，同時也提供有心想多學一點的學習者「更進一步」了解的功能。請務必吸收、消化，清楚概念後再進行下一單元。

　　語言只是一種工具。太機械性光背單字、語句毫無意義。有些人會因為太拘泥文法，學了好幾年仍無法使用日語溝通。其實應該這麼想：因為是外國話，說錯是很自然的。不要害怕錯誤，要積極地說。運用力、溝通能力才是語言學習上最重要的東西。此外，認識日本、日本人及其文化、生活、習慣等，日語能力才能夠充分發揮，請不要遺漏「知惠袋」與「e研講座」的說明。

<ruby>目<rt>もく</rt></ruby><ruby>次<rt>じ</rt></ruby>

❹スピカの携帯電話はどれですか。 ❤所有・種類などの説明＜助詞「の」＞❤…36

▶ ［これ／それ／あれ］はだれの N ですか。

　　◀ ［人］の N です。 ＝ ［人］のです。

▶ ［これ／それ／あれ］は何の N ですか。

　　◀ ［内容や性質などの説明］の N です。

▶ ［これ／それ／あれ］は N1 ですか、 N2 ですか。

　　◀ ［N1／N2］です。

▶ N はどれですか。

　　◀ ［これ／それ／あれ］です。

▶ 〜は〜で、〜は〜です。

❺空にベガがいます？！ ❤存在の表現＜あります／います＞❤………………46

▶ ［物・木・建物］があります。

▶ ［人・動物・魚・鳥・虫］がいます。

▶ ［場所］に N が［あります／います］。

▶ ［物・木・建物］がありますか。

　　◀ はい、あります。

　　◀ いいえ、ありません。

　▶ 何がありますか。

　　　◀ ［物・木・建物］があります。

▶ ［人・動物・魚・鳥・虫］がいますか。

　　◀ はい、います。

　　◀ いいえ、いません。

　▶ 何がいますか。

　　　◀ ［人・動物・魚・鳥・虫］がいます。

　▶ だれがいますか。

　　　◀ ［人］がいます。

▶ ［場所］に N1 と N2 が［あります／います］。

▶ どの N が［人］のですか。

　　◀ ［この N ／その N ／あの N］が［人］のです。

日本語大好き
スタート　　　　⟶

第 1 課

ひらがな

★ 清音・撥音 ★ （せいおん・はつおん）　　CD A-02

あ	a	い	i	う	u	え	e	お	o
か	ka	き	ki	く	ku	け	ke	こ	ko
さ	sa	し	shi	す	su	せ	se	そ	so
た	ta	ち	chi	つ	tsu	て	te	と	to
な	na	に	ni	ぬ	nu	ね	ne	の	no
は	ha	ひ	hi	ふ	fu	へ	he	ほ	ho
ま	ma	み	mi	む	mu	め	me	も	mo
や	ya			ゆ	yu			よ	yo
ら	ra	り	ri	る	ru	れ	re	ろ	ro
わ	wa							を	o
ん	n								

★ 拗音 ★ （ようおん）　　CD A-04

きゃ	kya	きゅ	kyu	きょ	kyo
しゃ	sha	しゅ	shu	しょ	sho
ちゃ	cha	ちゅ	chu	ちょ	cho
にゃ	nya	にゅ	nyu	にょ	nyo
ひゃ	hya	ひゅ	hyu	ひょ	hyo
みゃ	mya	みゅ	myu	みょ	myo
りゃ	rya	りゅ	ryu	りょ	ryo

★ 濁音・半濁音 ★ （だくおん・はんだくおん）　　CD A-03

が	ga	ぎ	gi	ぐ	gu	げ	ge	ご	go
ざ	za	じ	ji	ず	zu	ぜ	ze	ぞ	zo
だ	da	ぢ	ji	づ	zu	で	de	ど	do
ば	ba	び	bi	ぶ	bu	べ	be	ぼ	bo
ぱ	pa	ぴ	pi	ぷ	pu	ぺ	pe	ぽ	po

ぎゃ	gya	ぎゅ	gyu	ぎょ	gyo
じゃ	ja	じゅ	ju	じょ	jo
びゃ	bya	びゅ	byu	びょ	byo
ぴゃ	pya	ぴゅ	pyu	ぴょ	pyo

カタカナ

★ 清音・撥音 ★ (せいおん・はつおん)

ア	a	イ	i	ウ	u	エ	e	オ	o
カ	ka	キ	ki	ク	ku	ケ	ke	コ	ko
サ	sa	シ	shi	ス	su	セ	se	ソ	so
タ	ta	チ	chi	ツ	tsu	テ	te	ト	to
ナ	na	ニ	ni	ヌ	nu	ネ	ne	ノ	no
ハ	ha	ヒ	hi	フ	fu	ヘ	he	ホ	ho
マ	ma	ミ	mi	ム	mu	メ	me	モ	mo
ヤ	ya			ユ	yu			ヨ	yo
ラ	ra	リ	ri	ル	ru	レ	re	ロ	ro
ワ	wa							ヲ	o
ン	n								

★ 拗音 ★ (ようおん)

キャ	kya	キュ	kyu	キョ	kyo
シャ	sha	シュ	shu	ショ	sho
チャ	cha	チュ	chu	チョ	cho
ニャ	nya	ニュ	nyu	ニョ	nyo
ヒャ	hya	ヒュ	hyu	ヒョ	hyo
ミャ	mya	ミュ	myu	ミョ	myo
リャ	rya	リュ	ryu	リョ	ryo

★ 濁音・半濁音 ★ (だくおん・はんだくおん)

ガ	ga	ギ	gi	グ	gu	ゲ	ge	ゴ	go
ザ	za	ジ	ji	ズ	zu	ゼ	ze	ゾ	zo
ダ	da	ヂ	ji	ヅ	zu	デ	de	ド	do
バ	ba	ビ	bi	ブ	bu	ベ	be	ボ	bo
パ	pa	ピ	pi	プ	pu	ペ	pe	ポ	po

ギャ	gya	ギュ	gyu	ギョ	gyo
ジャ	ja	ジュ	ju	ジョ	jo
ビャ	bya	ビュ	byu	ビョ	byo
ピャ	pya	ピュ	pyu	ピョ	pyo

出現於外來語中的其他拗音

CD A-05

ファ	fwa	フィ	fwi	フゥ	fwu	フェ	fwe	フォ	fwo
		ティ	thi						
		ディ	dhi						
				デュ	dhu				

①外國的國名、地名、人名：
　　イギリス　ワシントン　エジソン　コロンブス
②來自外國的物品名稱或語彙：
　　ラジオ　テレビ　ボール　サンキュー
③動物的叫聲或物體發出的聲響：
　　ワンワン　ブーブー　カタカタ　ゴロゴロ
④動、植物的名稱等有時會寫作片假名：
　　サクラ　ウメ　カメ　サル
⑤欲特別強調句中語句或提醒讀者注意時：
　　「あした試験よ。」「えー、ホント！」

片假名的
使用時機

1-1 清音 （せいおん）

はる　なつ　あき　ふゆ　はれ　くもり　あめ　ゆき　つくえ　いす　かさ
トイレ　タオル　ナイフ

1-2 濁音 （だくおん）

てがみ　ちず　まど　ごみ
カード　テレビ　カレンダー　ラジオ

1-3 半濁音 （はんだくおん）

さんぽ　きっぷ
ペン　プール　コピー

1-4 撥音 （はつおん）

ほん　さんぽ　みんな
パン

1-5 拗音 （ようおん）

やきゅう　ゆうびんきょく　かいしゃ　としょかん　りょこう
チョコレート　シャワー　シャツ　フィルム　フォーク

1-6 長音 （ちょうおん）

おかあさん　おにいさん　ぼうし　がっこう　がくせい
ノート　テープ　カード　スカート　スーパー

1-7 促音（そくおん）

きっぷ　きっさてん　ざっし

コップ　スリッパ　ティッシュ

1-8 アクセント（重音）

①日本語（にほんご）のアクセントの特色（とくしょく）（日語重音的特色）：

英語為強弱重音，中文為高低與強弱重音，日語則為高低重音。

例）雨₁（あめ）　　　飴₀（あめ）

箸₁（はし）　　　橋₂（はし）

②日本語（にほんご）のアクセントの法則（ほうそく）（日語重音的法則）：

(a)第一拍與第二拍的高低必定相反。

(b)一個語詞中高音僅有一處，不可能分散為兩處。意即音調下降處僅有一處，

一旦重音下降便不會再高起。以六拍的單字為例，其發音形式可能為：

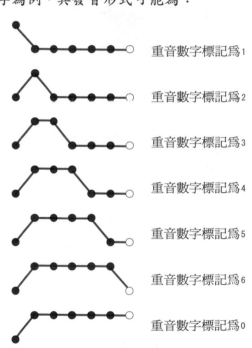

起伏式

・頭高型：僅第一拍為高音

（接 助詞 為低接）　　　　　　　重音數字標記為1

・中高型：第二拍為高音

（接 助詞 為低接）　　　　　　　重音數字標記為2

二、三拍為高音

（接 助詞 為低接）　　　　　　　重音數字標記為3

二、三、四拍為高音

（接 助詞 為低接）　　　　　　　重音數字標記為4

二、三、四、五拍為高音

（接 助詞 為低接）　　　　　　　重音數字標記為5

・尾高型：第二拍至最後一拍皆為高音

（接 助詞 為低接）　　　　　　　重音數字標記為6

・平板式：第二拍至最後一拍皆為高音

（接 助詞 為高接）　　　　　　　重音數字標記為0

1-9 イントネーション（語調）

於句末等處表現發話意圖。

①上昇調（疑問、叮嚀等）：食（た）べますか。↗

②下降調（敘述等）：机（つくえ）の上（うえ）に本（ほん）があります。↘　　　食（た）べます。↘

③下降上昇調（驚訝、感嘆等）：本当（ほんとう）？↘↗

④平緩調（句子未完成，為考慮等語氣）：わたしは、そう思（おも）いますが…→

練習しましょう

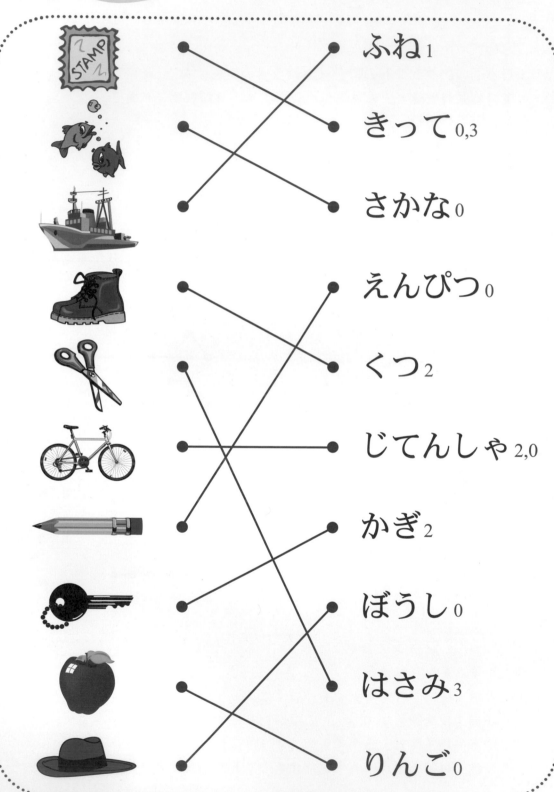

ふね 1

きって 0,3

さかな 0

えんぴつ 0

くつ 2

じてんしゃ 2,0

かぎ 2

ぼうし 0

はさみ 3

りんご 0

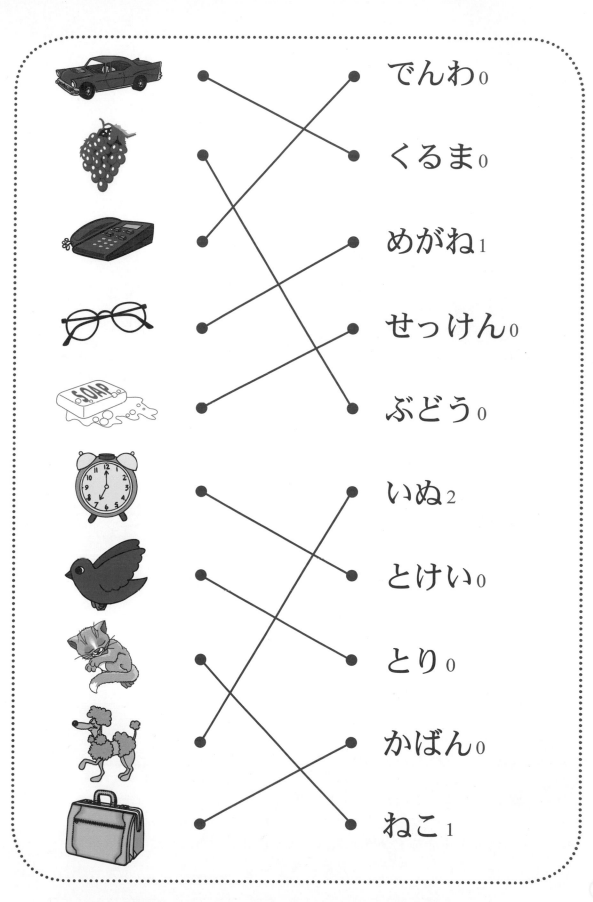

でんわ0

くるま0

めがね1

せっけん0

ぶどう0

いぬ2

とけい0

とり0

かばん0

ねこ1

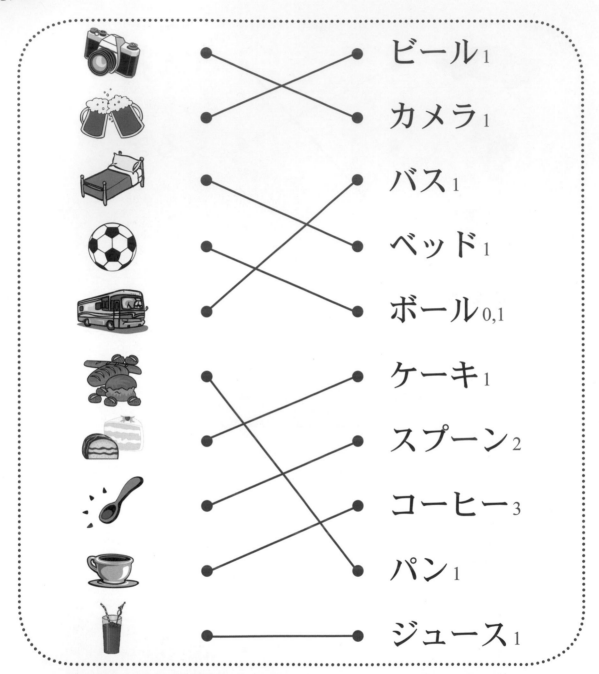

📷	ビール1
🍺	カメラ1
🛏	バス1
⚽	ベッド1
🚌	ボール0,1
🥐	ケーキ1
🍰	スプーン2
🥄	コーヒー3
☕	パン1
🥤	ジュース1

外来語??

知恵袋

現代的日本使用許多「外来語（外来語）」，還有人說外來語的數量會越來越多。例如：昼ごはん（午餐）→ランチ；お手洗い（洗手間）→トイレ；食堂（餐館）→レストラン；駐車場（停車場）→パーキング；車庫（車庫）→ガレージ；台所（廚房）→キッチン；寝室（臥室）→ベッドルーム；かぎ（鑰匙）→キー；上着（外衣）→ジャケット等。

按照片假名的標示發音時，會發現到與原文的發音有所出入，這對外國學習者來說是一大困擾。就從現在起一個一個把它們記起來吧！

からだ
体

め　　　　　あたま

かみのけ

みみ

うで

て

はな

くち

おなか

あし

CD A-06

0	ゼロ／れい	100	ひゃく
1	いち	200	にひゃく
2	に	300	さんびゃく
3	さん	400	よんひゃく
4	し／よん	500	ごひゃく
5	ご	600	ろっぴゃく
6	ろく	700	ななひゃく
7	しち／なな	800	はっぴゃく
8	はち	900	きゅうひゃく
9	きゅう／く		
10	じゅう		
11	じゅういち	1000	せん
12	じゅうに	2000	にせん
13	じゅうさん	3000	さんぜん
14	じゅうし／じゅうよん	4000	よんせん
15	じゅうご	5000	ごせん
16	じゅうろく	6000	ろくせん
17	じゅうしち／じゅうなな	7000	ななせん
18	じゅうはち	8000	はっせん
19	じゅうきゅう／じゅうく	9000	きゅうせん
20	にじゅう		
30	さんじゅう	10000	いちまん
40	よんじゅう／しじゅう	100000	じゅうまん
50	ごじゅう	1000000	ひゃくまん
60	ろくじゅう	10000000	せんまん
70	しちじゅう／ななじゅう	100000000	いちおく
80	はちじゅう		
90	きゅうじゅう		

応用編

おはようございます：早安

こんにちは：午安，你好

こんばんは：晩安

さようなら：再見，再會

おやすみなさい：(睡前)晩安

2

単語　CD A-08

わたし₀	我	息子₀	兒子
あなた₂	你	娘₃	女兒
この人₂	這個人	息子さん₀	兒子（敬稱）
この方₄,₃	這個人（敬稱）	娘さん₀	女兒（敬稱）
だれ₁	誰	男性₀	男性
どなた₁	誰（敬稱）	女性₀	女性
▼		▼	
友達₀	朋友	大学₀	大學
家族₁	家人	学生₀	學生
父₂,₁	爸爸	大学生₃,₄	大學生
母₁	媽媽	高校生₃	高中生
兄₁	哥哥	中学生₃,₄	國中生
姉₀	姊姊	小学生₃	小學生
弟₄	弟弟	パイロット₃,₁	機師，飛行員
妹₄	妹妹	先生₃	老師
お父さん₂	父親（敬稱）	会社員₃	公司職員
お母さん₂	母親（敬稱）	公務員₃	公務員
お兄さん₂	哥哥（敬稱）	▼	
お姉さん₂	姊姊（敬稱）	～歳	～歲
弟さん₀	弟弟（敬稱）	二十歳₁	二十歲
妹さん₀	妹妹（敬稱）	～語₀	～語
祖父₁	祖父，外公	英語₀	英語
祖母₁	祖母，外婆	～人	～人
おじいさん₂	祖父，外公（敬稱）	イギリス人₄	英國人
おばあさん₂	祖母，外婆（敬稱）	～さん	～先生，～小姐
おじ₀	伯父，叔叔，舅舅，姑丈，姨丈	～くん	對男性晚輩的親切稱呼
おば₀	伯母，嬸嬸，舅媽，姑姑，阿姨	▼	
おじさん₀	「おじ」的敬稱	はい₁	是，是的
おばさん₀	「おば」的敬稱	いいえ₃	不，不是

「はじめまして。
わたしは 鈴木愛です。」

CD A-09,10

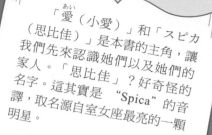

「愛（小愛）」和「スピカ（思比佳）」是本書的主角，讓我們先來認識她們以及她們的家人。「思比佳」？好奇怪的名字。這其實是 "Spica" 的音譯，取名源自室女座最亮的一顆明星。

こんにちは。
わたしは 鈴木愛です。
わたしは 大学生です。
渋谷大学の 学生です。
よろしく お願いします。

愛の 友達の スピカです。
わたしも 渋谷大学の 学生です。
よろしく お願いします。

▶ 小愛拿出家人的照片向思比佳介紹。

「わたしの 家族です。
この人は わたしの 父です。
この人は わたしの 母です。
この人は わたしの 弟 です。」

「わたしの 父は パイロットです。
わたしの 母は 日本語の 先生です。
わたしの 弟は 高校生です。」

はじめまして：初次見面，幸會
よろしくお願いします：請多指教，請多關照

13

はじめまして。鈴木一朗（すずき いちろう）です。
愛（あい）の　父（ちち）です。パイロットです。
５０歳（ごじゅっさい）です。よろしく　お願（ねが）いします。

はじめまして。鈴木真理（すずき まり）です。
愛（あい）の　母（はは）です。
よろしく　お願（ねが）いします。

はじめまして。鈴木健（すずき けん）です。
愛（あい）の　弟（おとうと）です。高校生（こうこうせい）です。
よろしく　お願（ねが）いします。

Q&A

①愛（あい）は　大学生（だいがくせい）ですか。

_____

②弟（おとうと）の　健（けん）も　大学生（だいがくせい）ですか。

_____

③愛（あい）の　お父（とう）さんは　パイロットですか。

_____

④愛（あい）の　お母（かあ）さんは　英語（えいご）の　先生（せんせい）ですか。

_____

⑤スピカは　愛（あい）の　妹（いもうと）ですか。

_____

文型

2-1 わたしは 愛^{あい}です。

わたしは 　{ 鈴木愛^{すずき あい} ／ 大学生^{だいがくせい} ／ 18歳^{じゅうはっさい} } 　です。

▶ 田中^{たなか}さんは 会社員^{かいしゃいん}です。

▶ 父^{ちち}は 　58歳^{ごじゅうはっさい}です。

▶ 拓哉^{たくや}くんは 　小学生^{しょうがくせい}です。

★日本人の名前^{にほんじん なまえ}★

佐藤^{さとう}・鈴木^{すずき}・田中^{たなか}・渡辺^{わたなべ}・山本^{やまもと}・中村^{なかむら}・加藤^{かとう}・吉田^{よしだ}・山田^{やまだ}・林^{はやし}・（　　　　　）

★日本の学校^{にほん がっこう}★

小学校^{しょうがっこう} 　⇒ 　小学生^{しょうがくせい}
中学校^{ちゅうがっこう} 　⇒ 　中学生^{ちゅうがくせい}
高等学校^{こうとうがっこう} ＝ 　高校^{こうこう} 　⇒ 　高校生^{こうこうせい}
専門学校^{せんもんがっこう} 　⇒ 　専門学校生^{せんもんがっこうせい}
大学^{だいがく} 　⇒ 　大学生^{だいがくせい}
大学院^{だいがくいん} 　⇒ 　大学院生^{だいがくいんせい}

★職業^{しょくぎょう}★

会社員^{かいしゃいん}・公務員^{こうむいん}・アナウンサー・医師^{いし}＝医者^{いしゃ}・看護師^{かんごし}・店員^{てんいん}・作家^{さっか}・警官^{けいかん}・
教師^{きょうし}・運転手^{うんてんしゅ}・主婦^{しゅふ}・画家^{がか}・歌手^{かしゅ}・俳優^{はいゆう}・エンジニア・（　　　　　）

★ 〜歳 ★

0歳	ゼロさい	10歳	じゅっさい／じっさい	20歳		はたち
1歳	いっさい	11歳	じゅういっさい	21歳		にじゅういっさい
2歳	にさい	12歳	じゅうにさい			
3歳	さんさい	13歳	じゅうさんさい	30歳		さんじゅっさい
4歳	よんさい	14歳	じゅうよんさい	40歳		よんじゅっさい
5歳	ごさい	15歳	じゅうごさい	50歳		ごじゅっさい
6歳	ろくさい	16歳	じゅうろくさい	60歳		ろくじゅっさい
7歳	ななさい	17歳	じゅうななさい	70歳		ななじゅっさい
8歳	はっさい	18歳	じゅうはっさい	80歳		はちじゅっさい
9歳	きゅうさい	19歳	じゅうきゅうさい	90歳		きゅうじゅっさい

2-2 わたしは　会社員では　ありません。

（＝じゃ　ありません）

わたしは　　｛ 田中 / 高校生 / 二十歳 ｝　では　ありません。

▶ 母は　公務員では　ありません。

▶ 弟は　大学生では　ありません。高校生です。

▶ 健は　妹では　ありません。弟です。

★ Family tree ★

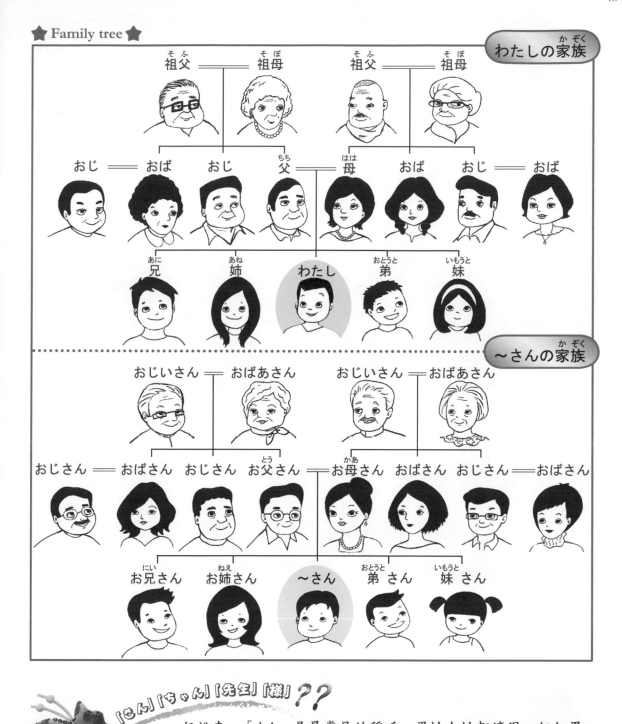

わたしの家族(かぞく)

祖父(そふ) — 祖母(そぼ)　　祖父(そふ) — 祖母(そぼ)

おじ — おば　おじ — 父(ちち)　母(はは)　おば　おじ — おば

兄(あに)　姉(あね)　わたし　弟(おとうと)　妹(いもうと)

～さんの家族(かぞく)

おじいさん — おばあさん　　おじいさん — おばあさん

おじさん — おばさん　おじさん — お父(とう)さん　お母(かあ)さん　おばさん　おじさん — おばさん

お兄(にい)さん　お姉(ねえ)さん　～さん　弟(おとうと)さん　妹(いもうと)さん

「さん」「ちゃん」「先生(せんせい)」「様(さま)」？？

知恵袋

一般說來，「さん」是最常見的稱呼，男性女性都適用，但如果是朋友之間，大多直接叫名字而省去敬稱「さん」，例如「愛(あい)」「スピカ」「健(けん)」等等。至於「ちゃん」則用於叫喚小孩子或女孩；「くん」用於稱呼男性，但是是長輩對男性晚輩、大人對男孩，或同輩之間對男性的稱呼。而「先生(せんせい)」除了指老師，也用來稱呼醫生、政治人物、律師等職業的人。「様(さま)」則使用於疏遠的交情或稱呼長輩時；另外，信封上的收件者也是用「様」而非「さん」。

2-3

A：（あなたは）高校生ですか。

B 1：はい、（わたしは）高校生です。

B 2：いいえ、（わたしは）高校生では ありません。

山田さん

大学生　　 }　ですか。

弟 さん

▶ A：鈴木さんですか。

　 B：はい、鈴木です。

▶ A：高校生ですか。

　 B：いいえ、高校生では ありません。中学生です。

▶ A：妹 さんですか。

　 B：はい、妹 です。

▶ A：加藤さんですか。

　 B：いいえ、加藤では ありません。吉田です。

e 研講座

あなた

「あなた」也就是英語的「you」、中文的「你」，

但在日文裡很少使用，通常省略。倒是當家長訓斥小孩

「あなたはどうして勉強しないの！(你為什麼不唸書)」，或是類似歸咎

對方「あなたの責任です」等欲特別強調時則常常使用。這也是為何當

日語學習者對著日本人直接問「あなたは日本人ですか」時，會令日本人

覺得不自然的原因。此時較合適的問法是「健さんは日本人ですか」

或「先生は日本人ですか」，若是不知道對方的姓名，則可說

「すみません。日本人ですか」。

2-4 日本語の 先生です。

渋谷大学
英語
日本人
｝の 先生です。

▶ イギリス人の 学生です。

▶ わたしの 母です。

▶ 弟の 友達です。

★ ～語 ★

日本語・中国語・韓国語・フランス語・インドネシア語・ドイツ語・
英語・（　　　　　　）

★ ～人 ★

日本人・中国人・韓国人・フランス人・インドネシア人・ドイツ人・
アメリカ人・イギリス人・（　　　　　　）

2-5 わたしの 弟は 高校生です。
スピカさんの 妹も 高校生です。

▶ わたしは 女性です。スピカさんも 女性です。

▶ 鈴木さんは 会社員です。桜田さんも 会社員です。

▶ コロナさんは 高校生です。健さんも 高校生です。

▶ 鈴木一朗さんは 日本人です。桜田利男さんも 日本人です。

▶ A：お姉さんも 大学生ですか。

　B：いいえ、姉は 大学生では ありません。

練習

Ⅰ 例）わたし|は| 愛です。

①わたし□ 鈴木です。

②A：（あなたは）エマさんですか。

　B：はい、わたし□　エマです。

③A：（あなたは）大学生ですか。

　B：はい、わたし□　大学生です。

　A：妹 さん□　大学生ですか。

　B：はい、妹 □　大学生です。

　A：弟 さん□　大学生ですか。

　B：いいえ、弟 □　大学生では　ありません。

④わたし□　渋谷大学□　学生です。

Ⅱ 例）

　　　ジョン　　イギリス人　　7　　小学生

　　　・ジョンくんは　イギリス人です。

　　　・ジョンくんは　7歳です。

　　　・ジョンくんは　小学生です。

①	②	③	④

①カイザー　　　　ドイツ人　　　　　　62　　　美容師

②金　　　　　　　韓国人　　　　　　　30　　　会社員

③ケリー　　　　　インドネシア人　　　17　　　高校生

④アリス　　　　　フランス人　　　　　33　　　店員

話しましょう

I 例）（あなたは）先生ですか。

いいえ、（わたしは）先生では ありません。（わたしは）学生です。

① （あなたは）学生ですか。

_____

② （あなたは）イギリス人ですか。

_____

③ （あなたの）友達は 学生ですか。

_____

④ （あなたの）日本語の 先生は 日本人ですか。

_____

⑤ （あなたの）日本語の 先生は だれですか。

_____

II

はじめまして。わたしは ＿＿＿＿＿です。

わたしは ＿＿＿＿＿＿＿＿＿＿＿。

よろしく お願いします。

この人は ＿＿＿＿＿＿＿＿です。

＿＿＿＿＿＿＿＿は ＿＿＿＿＿＿＿＿です。

＿＿＿＿＿＿＿＿＿＿＿＿＿＿。

台湾人の名字の日本語の読み方

あ行
韋（い）　殷（いん）　于（う）　袁（えん）　王（おう）　汪（おう）　歐（おう）　翁（おう）　温（おん）　歐陽（おうよう）

か行
何（か）　柯（か）　賈（か）　夏（か）　解（かい）　郭（かく）　管（かん）　韓（かん）　簡（かん）　顔（がん）　紀（き）　魏（ぎ）　丘（きゅう）　邱（きゅう）
許（きょ）　姜（きょう）　曲（きょく）　金（きん）　倪（げい）　甄（けん）　阮（げん）　古（こ）　胡（こ）　顧（こ）　呉（ご）　黃（こう）　江（こう）　高（こう）
洪（こう）　孔（こう）　康（こう）　侯（こう）　寇（こう）

さ行
蔡（さい）　柴（さい）　崔（さい）　齊（さい）　施（し）　司馬（しば）　謝（しゃ）　朱（しゅ）　周（しゅう）　祝（しゅく）　徐（じょ）　鐘（しょう）　鍾（しょう）
章（しょう）　邵（しょう）　蔣（しょう）　蕭（しょう）　秦（しん）　石（せき）　錢（せん）　詹（せん）　蘇（そ）　莊（そう）　曹（そう）　曾（そう）　宋（そう）　孫（そん）

た行
戴（たい）　卓（たく）　張（ちょう）　趙（ちょう）　陳（ちん）　沈（ちん）　丁（てい）　鄭（てい）　程（てい）　田（でん）　涂（と）　杜（と）　湯（とう）　董（とう）
鄧（とう）　陶（とう）　唐（とう）　童（どう）

な行
任（にん）

は行
巴（ば）　馬（ば）　梅（ばい）　白（はく）　莫（ばく）　范（はん）　潘（はん）　巫（ふ）　傅（ふ）
馮（ふう）　方（ほう）　彭（ほう）　穆（ぼく）

ま行
毛（もう）　孟（もう）

や行
俞（ゆ）　熊（ゆう）　尤（ゆう）　游（ゆう）　余（よ）　楊（よう）　葉（よう）　姚（よう）

ら行
羅（ら）　雷（らい）　賴（らい）　藍（らん）　李（り）　陸（りく）　劉（りゅう）　柳（りゅう）　廖（りょう）　梁（りょう）
凌（りょう）　林（りん）　黎（れい）　連（れん）　呂（ろ）　盧（ろ）　魯（ろ）

你的姓氏
日語怎麼說？

中文姓氏的日文發音，雷同性相當高。例如「黃さん」「高さん」「孔さん」在日語中皆唸作「コウさん」，與原本的中文音"huang""gao""kong"有相當大的不同。其他還有像「楊(yang)さん」「葉(yeh)さん」同樣唸作「ヨウさん」；「張(zhang)さん」「趙(zhao)さん」則是「チョウさん」。不寫漢字時，或許會被認為姓氏是相同的呢。

CD A-11,12

思比佳拿出家人的照片給小愛看，
小愛覺得思比佳的家人都好有特色喔。

「この方は　どなたですか。」

「この人は　わたしの　祖母です。」

「この方は　スピカの　お母さんですか。」

「いいえ、この人は　わたしの　母では　ありません。
　母の　妹 です。」

「この方も　スピカの　おばさんですか。」

「いいえ、おばでは　ありません。母です。」

2-6　A：この人は　だれですか。　A：この方は　どなたですか。
　　　B：この人は　友達です。　　B：この方は　先生です。

▶ A：この人は　だれですか。
　 B：鈴木さんの　息子さんです。

▶ A：この方は　どなたですか。
　 B：この人は　わたしの　妹 です。

▶ A：この方は　どなたですか。
　 B：この方は　わたしの　先生です。

単語		CD A-13	
これ 0	這，這個（近稱）	シャープペンシル 4	自動鉛筆
それ 0	那，那個（中稱）	万年筆 3	鋼筆
あれ 0	那，那個（遠稱）	ボールペン 0	原子筆
この 0	這～，這個～	ペン 1	筆
その 0	那～，那個～	ペンケース 3	鉛筆盒
あの 0	那～，那個～	紙 2	紙
▼		ノート 1	筆記；筆記本
エレベーター 3	電梯	本 1	書
タワー 1	塔	新聞 0	報紙
机 0	書桌	写真 0	照片
テーブル 0	桌子	▼	
いす 0	椅子	ケーキ 1	蛋糕
テレビ 1	電視	お茶 0	茶；茶道
電話 0	電話	コーヒー 3	咖啡
携帯電話 5（携帯 0）	手機，行動電話	ビール 1	啤酒
時計 0	鐘；錶	ワイン 1	葡萄酒
パソコン 0	個人電腦	▼	
靴 2	鞋	えっ 1	咦
かぎ 2	鑰匙	何 1	什麼
傘 1	傘	▼	
かばん 0	皮包，包包	隣 0	鄰近，隔壁
パスポート 3	護照	人 0	人，人類
カメラ 1	相機	方 2	人（敬稱）
▼		お客さん 0	客人（敬稱）
はさみ 3	剪刀	店員 0	店員
のり 2	漿糊，膠水	店長 1	店長，老闆
消しゴム 0	橡皮擦	警官 0	警察，警官
鉛筆 0	鉛筆	歌手 1	歌手

第 3 課　「これは　何_{なん}ですか。」

CD A-14,15

思比佳聽說小愛假日在文具店打工，決定找一天去店裡給小愛一個驚喜。某個暖洋洋的晴朗天氣，思比佳散步來到一間可愛的文具店，推開門進去⋯⋯

「いらっしゃいませ。」

「スピカ？！」
「こんにちは。店員_{てんいん}さん。」

◆ 對小愛來說早就習以為常的各種文具用品，思比佳彷彿是第一次看到⋯⋯

「えっ、これは　何_{なん}ですか。」
「これは　消_けしゴムです。」
「これは　何_{なん}ですか。」
「はさみです。」
「これは　何_{なん}ですか。」
「のりです。」
「あれは　かばんですか。」
「そうです。あれは　かばんです。」
「あれは　何_{なん}ですか。」
「万年筆_{まんねんひつ}です。」

いらっしゃいませ：歡迎光臨
そうです：是的

「これも　万年筆ですか。」
「いいえ、鉛筆です。」
「これも　鉛筆ですか。」
「違います。それは　ボールペンです。」
「これも　ボールペンですか。」
「それは　シャープペンシルです。」
「これは　パソコンですね。」
「パソコン？違います。それは　ノートです。」

▶ 思比佳一家其實有個大秘密，不過在此先賣個關子。

違います：不對，不正確

Q&A

①愛は　店員ですか。

_____

②スピカも　店員ですか。

_____

③お客さんは　だれですか。

_____

文型

3-1 本<u>です</u>。

ペン
机（つくえ）
新聞（しんぶん）
｝です。

▶ A：電話（でんわ）ですか。
　 B：はい、電話（でんわ）です。

▶ A：靴（くつ）ですか。
　 B：いいえ、靴（くつ）では　ありません。

▶ A：時計（とけい）ですか。
　 B：はい、時計（とけい）です。

▶ A：エレベーターですか。
　 B：いいえ、エレベーターでは　ありません。

★ 文房具（ぶんぼうぐ）★

ノート・紙（かみ）・鉛筆（えんぴつ）・シャープペンシル・ボールペン・万年筆（まんねんひつ）・消（け）しゴム・
ペンケース・（　　　　　　）

★ 紙類（かみるい）★

辞書（じしょ）・本（ほん）・雑誌（ざっし）・新聞（しんぶん）・写真（しゃしん）・（　　　　　　）

3-2 これは　ビールです。

$$
\left.\begin{array}{l}これ\\それ\\あれ\end{array}\right\}は\quad\left\{\begin{array}{l}紙^{かみ}\\テーブル\\いす\end{array}\right\}です。
$$

▸ これは　写真^{しゃしん}です。

▸ それは　傘^{かさ}です。

▸ あれは　富士山^{ふじさん}です。

3-3　A：これは　ケーキですか。

B1：はい、<u>そうです</u>。

B2：いいえ、<u>違います</u>。

A：テレビですか。

B1：はい、　{ テレビです。
　　　　　　 そうです。

B2：いいえ、 { テレビでは　ありません。
　　　　　　　 違います。

▶　A：カメラですか。

B1：はい、そうです。

B2：いいえ、違います。携帯電話です。

3-4　A：あれは　ペンケースです<u>ね</u>。

B1：はい、そうです。

B2：いいえ、違います。

▶　A：これは　コーヒーですね。

B：はい、そうです。

▶　A：それは　中国の　お茶ですね。

B：いいえ、違います。

▶　A：田中さんですね。

B：はい、そうです。

3-5 A：あれは　何^{なん}ですか。

B：あれは　東京^{とうきょう}タワーです。

▸ A：これは　何^{なん}ですか。

B：それは　パスポートです。

▸ A：それは　何^{なん}ですか。

B：これは　かぎです。

▸ A：あれは　何^{なん}ですか。

B：あれは　ワインです。

▸ A：すみません。これは　何^{なん}ですか。

B：それは　携帯電話^{けいたいでんわ}です。

すみません：抱歉，不好意思（詢問、請求、道歉）

I 例）わたし は　愛です。

①あれ□　何ですか。

②それ□　辞書□□　ありません。

③A：これは　アメリカ□　ワインです□。

　B：いいえ、それは　フランス□　ワインです。

④A：これは　日本□　時計ですか。

　B：いいえ、違います。

⑤これは　本です。それ□　本です。

II 例）

　　A：これは　何ですか。
　　B1：本です。（○）
　　B2：はい、本です。（×）

①

　　A：あれは　何ですか。
　　B1：テレビです。（　　）
　　B2：はい、そうです。（　　）

②

　　A：それは　ボールペンですか。
　　B1：いいえ、違います。（　　）
　　B2：はい、違います。（　　）

③

　　A：あれは　傘ですね。
　　B1：はい、そうです。（　　）
　　B2：いいえ、これは　傘です。（　　）

④

　　A：これは　ワインですか。
　　B1：はい、ワインでは　ありません。（　　）
　　B2：いいえ、ワインでは　ありません。（　　）

Ⅲ 「これは　何ですか。」

例)

これは　時計です。

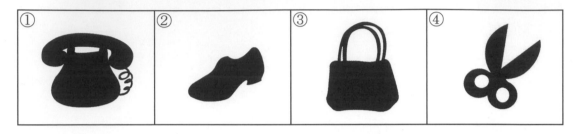

① ② ③ ④

これは何ですか

「これは何ですか」這個疑問句是用於"看了也不知是什麼東西"或"第一次看到某種東西"時。許多學習者在學日語的過程中不斷練習著「これは何ですか」「それはノートです」等句子，其實是不太自然的。在本書中，思比佳連續不斷地問小愛「これは何ですか」，而小愛則對於思比佳為何不斷問一些理所當然的事感到一頭霧水。這是因為那些東西對思比佳來說，是"第一次見到"或是"搞不清楚是什麼"的東西。

像練習Ⅱ那種任何人一看都知道是什麼的東西，日常生活是不會問「これは何ですか」的；這個句子是用於像練習Ⅲ那種"無法一眼就看出是什麼東西"的情況。

e 研講座

 話しましょう

CD A-16,17,18

I

A：それは　何ですか。

B：これは　①かばんです。

A：あれも　①かばんですか。

B：はい、そうです。

（1）かぎ

（2）パソコン

（3）本

II

A：それは　①鉛筆ですか。

B：いいえ、違います。

A：何ですか。

B：これは　②ボールペンです。

（1）①時計　　　　②電話

（2）①ノート　　　②写真

（3）①テレビ　　　②パソコン

応用会話

A：これは　何ですか。

B：お茶です。

A：これは　日本の　お茶ですか。

B：いいえ、違います。台湾の　お茶です。

A：それも　台湾の　お茶ですか。

B：はい、これも　台湾の　お茶です。

➤ 思比佳指著牆上的海報問小愛。

「その人は　だれですか。」

「この人ですか。」

「いいえ、その隣の　人。」

「ああ、この人ですか。
　　KIYOSHIです。歌手です。」

「そうですか。」

➤ 有人走進店裡跟小愛打招呼。

「こんにちは。」

「こんにちは。」

「あの人は　だれですか。」

「あの方は　お客さんです。」

「あの方も　お客さんですか。」

「いいえ、違います。店長です。」

3-6　A：この人は　だれですか。
　　　B：その人は　友達です。

　　　　この人
A：　その人　｝　は　だれですか。　　　B：警官です。
　　　　あの人

　　　　　　　　　　　　　　　▶ A：あの人は　だれですか。
　　　　　　　　　　　　　　　　　B：桜田さんの　娘さんです。

　　　　　　　　　　　　　　　▶ A：その方は　どなたですか。
　　　　　　　　　　　　　　　　　B：この方は　わたしの　先生です。

そうですか：是這樣啊

単語		CD A-21	

どれ 1	哪個	スポーツ 2	運動
もしもし 1	（電話用語）喂	りょこう 旅行 0	旅行
▼		じ てんしゃ 自転車 2, 0	自行車，腳踏車
ファックス 1	傳真機	じ どうしゃ 自動車 2, 0	汽車
メール 1, 0	電子郵件	▼	
ボタン 0, 1	按鈕，按鍵	おとこ 男 3	男
ラジオ 1	收音機	おんな 女 3	女
テープ 1	錄音帶；錄影帶	パパ 1	爸爸
ピアノ 0	鋼琴	ママ 1	媽媽
おと 音 2	（物發出的）音，聲音	いぬ 犬 2	狗
うた 歌 2	歌	ねこ 猫 1	貓
め がね 眼鏡 1	眼鏡	▼	
うで ど けい 腕時計 3	手錶	フランス語 0	法文
ゆび わ 指輪 0	戒指	ドイツ語 0	德文
うわ ぎ 上着 0	上衣；外衣	ちゅうごく ご 中国語 0	中文
じ しょ 辞書 1	辭典，字典	アメリカ人 4	美國人
ざっ し 雑誌 0	雜誌	しょうがっこう 小学校 3	小學
▼		ちゅうがっこう 中学校 3	中學，國中
りんご 0	蘋果	もんだい 問題 0	問題
みかん 1	蜜柑，橘子	こた 答え 2, 3	答案
もも 桃 0	桃子	か がく 科学 1	科學
くだ もの 果物 2	水果	うそ 1	謊言，胡說
や さい 野菜 0	蔬菜	ほん とう 本当 0	真實，真的
トマト 1	番茄		
みず 水 0	水		
さけ お酒 0	酒		

「スピカの　携帯電話は　どれですか。」

CD A-22,23

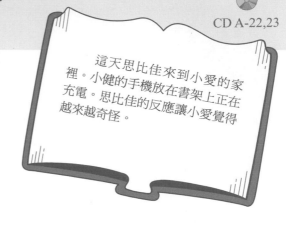

> 這天思比佳來到小愛的家裡。小健的手機放在書架上正在充電。思比佳的反應讓小愛覺得越來越奇怪。

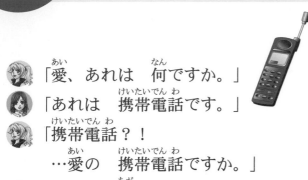

「愛、あれは　何ですか。」

「あれは　携帯電話です。」

「携帯電話？！
　…愛の　携帯電話ですか。」

「いいえ、違います。わたしのでは　ありません。
　健の　携帯電話です。わたしの　携帯電話は　これです。」

「それは　何の　ボタンですか。」

「メールの　ボタンです。
　これは　電話の　ボタンです。」

「これは　メールの　ボタンで、これは　電話の　ボタンですね。」

「そうです。」

♪〜♫　〜♪〜♫

「何の　音ですか。」

「わたしの　携帯電話の　音です。日本の　歌です。
　スピカの　携帯電話は？」

「えっ？　わたしのですか。そうですね…。
　愛、問題です。わたしの　携帯電話は　どれですか。」

(1)
(2)
(3)

そうですね：這個嘛（用於思考如何回答時）

「スピカの 携帯電話？（1）は 眼鏡で、（2）は 腕時計で、
（3）は 指輪です。スピカの 携帯電話は…」

「答えは（2）です。
これは わたしの 携帯電話です。」

「うそです。」

「本当です。
もしもし、ママ。スピカです。…」

「これは 携帯電話ですか。腕時計ですか。」

「携帯電話です！！！」

① これは 何ですか。

_____

② これは 愛の 携帯電話ですか。

_____

③愛の 携帯電話の 音は 何の 歌ですか。

_____

文型

4-1 A：これは　だれの　上着ですか。
B：それは　先生の　上着です。＝それは　先生のです。

A：これは　だれの　ピアノですか。

B：それは　｛フレア　林さん　先生｝の　ピアノです。＝それは　｛フレア　林さん　先生｝のです。

▶ A：それは　だれの　靴ですか。
B：健くんのです。

▶ A：すみません。これは　だれの　かぎですか。
B：わたしのです。ありがとうございます。

4-2 A：それは　何の　本ですか。
B：（これは）スポーツの　本です。

｛旅行　科学　英語｝の　本です。

▶ A：これは　何の　雑誌ですか。
B：それは　カメラの　雑誌です。

▶ A：それは　何の　テープですか。
B：これは　日本語の　テープです。

▶ A：すみません。これは　何の　かぎですか。
B：それは　自転車の　かぎです。

ありがとうございます：謝謝
（ありがとうございました）

4-3
A：これは　フランス語の　雑誌ですか、英語の　雑誌ですか。
B：（それは）フランス語の　雑誌です。

▶ A：これは　自転車の　かぎですか、自動車の　かぎですか。
　 B：（それは）　自動車の　かぎです。

▶ A：これは　スピカさんの　傘ですか、愛さんの　傘ですか。
　 B：（それは）　愛さんの　（傘）です。

▶ A：それは　シャープペンシルですか、ボールペンですか。
　 B：ボールペンです。

▶ A：それは　水ですか、お酒ですか。
　 B：お酒です。

4-4
A：ラジオは　どれですか。
B：（ラジオは）あれです。

A：どれですか。　　　　　B：{ これ / それ / あれ }です。

▶ A：ファックスは　どれですか。
　 B：ファックスは　それです。

▶ A：渡辺さんの　傘は　どれですか。
　 B：これです。

▶ A：英語の　新聞は　どれですか。
　 B：それです。

4-5 A：男の人は　だれで、女の人は　だれですか。
B：男の人は　桜田さんで、女の人は　エマさんです。

（　　　　）　　　（　　　　）

▶ これは　りんごで、それは　みかんです。

▶ これは　ドイツ語の　辞書で、それは　英語の　辞書です。

▶ エマさんは　アメリカ人で、愛さんは　日本人です。

▶ 山田さんは　先生で、中村さんは　学生です。　（　　　　　）

▶ チッピーは　犬で、ミミは　猫です。

▶ トマトは　野菜で、桃は　果物です。　　　（　　　　）

★＿＿＿＿は　野菜で、＿＿＿＿は　果物です ★

トマト・白菜・じゃが芋・きゅうり・にんじん・ねぎ・（　　　　　）

りんご・みかん・バナナ・メロン・桃・（　　　　　）

Ⅰ 例）わたし は 愛です。

　①Ａ：これ□　だれ□　本ですか。

　　Ｂ：それ□　わたし□です。

　②Ａ：先生□　本□　どれですか。

　　Ｂ：あれです。

　③これは　日本語□　新聞□、あれは　中国語□　新聞です。

　④Ａ：女の人□　だれ□、男の人□　だれですか。

　　Ｂ：女の人□　真理さん□、男の人□　一朗さんです。

Ⅱ 例）Ａ：それは　（　だれ　　どれ　　⓪何　）ですか。

　　　Ｂ：これは　ファックスです。

　①Ａ：それは　（　だれの　　何の　　どれ　）雑誌ですか。

　　Ｂ：これは　旅行の　雑誌です。

　②Ａ：これは　（　だれの　　何の　　どれ　）本ですか。

　　Ｂ：林さんのです。

　③Ａ：自転車の　かぎは　（　だれ　　どれ　　何　）ですか。

　　Ｂ：それです。

　④Ａ：このペンは　（　だれの　　何の　　どれ　）ですか。

　　Ｂ：それは　わたしのです。

Ⅲ例）（これ・りんご）＋（それ・バナナ）

　　これは　りんごで、それは　バナナです。

① （父・パイロット）＋（母・医者）

_____

② （きゅうり・野菜）＋（メロン・果物）

_____

③ （これ・英語の　辞書）＋（それ・日本語の　辞書）

_____

④ （鈴木さんの　傘・あれ）＋（佐藤さんの・それ）

_____

話しましょう

Ⅰ

A：あれは　だれの　①携帯電話ですか。

B：②健のです。

（1）①カメラ　　　②鈴木さん

（2）①上着　　　　②わたし

（3）①かばん　　　②先生

Ⅱ

A：山田先生は　何の　先生ですか。

B：①英語の　先生です。

A：佐藤先生は　何の　先生ですか。

B：②日本語の　先生です。

A：山田先生は　①英語の　先生で、佐藤先生は　②日本語の　先生ですね。

B：はい、そうです。

（1）①中国語　　　②科学

（2）①小学校　　　②中学校

（3）①ピアノ　　　②パソコン

応用会話

A：それは　何の　写真ですか。

B：どれですか。これですか。

A：ええ、それです。

B：これは　アメリカの　自動車の　写真です。

A：だれの　自動車ですか。

B：父のです。

単語		CD A-27	
どの1	哪～，哪個～	へや 部屋2	房間
なに 何1	什麼	げんかん 玄関1	玄關
▼		にわ 庭0	庭院
あります3【ある1】	(物、植物)有；在	うち0	(自己的)家；房子
います2【いる0】	(人、動物)有；在	いえ 家2	房子；(自己的)家
▼		びょういん 病院0	醫院
ペット1	寵物	こうばん 交番0	派出所
どうぶつ 動物0	動物	こうえん 公園0	公園
うま 馬2	馬	きっさてん 喫茶店0,3	咖啡店，咖啡館
さかな 魚0	魚	プール1	游泳池
むし 虫0	蟲	しょくどう 食堂0	飯館，餐館
とり 鳥0	鳥；雞	がっこう 学校0	學校
こ とり 小鳥0	小鳥	きょうしつ 教室0	教室
▼		けんきゅうしつ 研究室3	研究室
そら 空1	天空	としょかん 図書館2	圖書館
うみ 海1	海	ゆうびんきょく 郵便局3	郵局
いけ 池2	池塘	かいしゃ 会社0	公司
き 木1	樹	たてもの 建物2,3	房屋，建築物
はな 花2	花	えき 駅1	車站
▼		くるま 車0	車，汽車
もの 物0	物	ひ こう き 飛行機2	飛機
か びん 花瓶0	花瓶	▼	
ぼうえんきょう 望遠鏡0	望遠鏡	あっ1	啊，唉呀
ち ず 地図1	地圖	むかし 昔0	往昔，從前
ほんだな 本棚1	書架，書櫃	▼	
テープレコーダー5	錄音機	おとこ こ 男の子3	男孩子
お さら お皿0	盤子	おんな こ 女の子3	女孩子
たまご 卵2	雞蛋	おく 奥さん1	夫人，太太(敬稱)
だいどころ 台所0	廚房	～ちゃん	小～(對女人、小孩的曙稱)

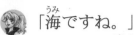

CD A-28,29

小愛和思比佳來到可以俯瞰
這個城鎮的公園。透過望遠鏡，
小愛好像發現了什麼東西？等
等！小愛嚇了一跳……

「海ですね。」

「スピカ、望遠鏡が あります。」

「あれは 何ですか。」

「どれですか。」

「あれです。」

「あれは 公園です。」

「公園に 木が あります。
池も あります。」

「池に 何が いますか。」

「魚が います。」

「どの建物が 愛の 家ですか。」

「あれです。」

「庭に 愛の お母さんと 健くんが います。
花も あります。」

「ミミも います。」

「あの猫が ミミですか。」

「そうです。わたしの ペットです。」

「あっ、鳥が います。」

「鳥ですか。」

「あっ、すみません。鳥では ありません。飛行機です。」

「あれは 飛行機では ありません。

わたしの 母の 自動車です。」

「車？？？」

**Q&A**

①公園に 何が ありますか。

_____

②池に 何が いますか。

_____

③愛の 家の 庭に 花が ありますか。

_____

④愛の 家の 庭に 犬が いますか。

_____

⑤自動車は だれのですか。

_____

文型

5-1 いすが あります。

花瓶(かびん)
木(き)
駅(えき)
} が あります。

▶ 地図(ちず)が あります。
▶ 花(はな)が あります。
▶ 卵(たまご)が あります。
▶ 交番(こうばん)が あります。

物(もの)
木(き)
建物(たてもの)
} が あります。

5-2 犬(いぬ)が います。

愛(あい)ちゃん
男(おとこ)の人(ひと)
小鳥(ことり)
} が います。

▶ 警官(けいかん)が います。
▶ 鈴木(すずき)さんの 奥(おく)さんが います。
▶ 馬(うま)が います。

人(ひと)
動物(どうぶつ)
魚(さかな)
鳥(とり)
虫(むし)
} が います。

5-3 教室に 机が あります。

▶ 庭に 木が あります。

▶ あの喫茶店に パソコンが あります。

▶ わたしの うちに 昔の 中国の お皿が あります。

▶ 研究室に 先生が います。

★部屋に ＿＿＿＿が あります★

窓・カーテン・ベッド・ふとん・地図・電気・カレンダー・たばこ・灰皿・
テープレコーダー・テープ・机・いす・ギター・（　　　　　）

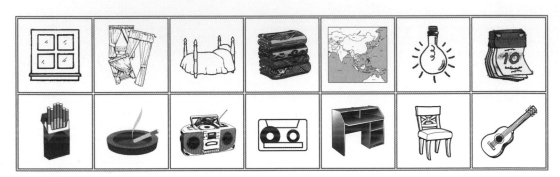

★台所に ＿＿＿＿が あります★

冷蔵庫・スプーン・フォーク・ナイフ・はし・コップ・ちゃわん・カップ・
せっけん・（　　　　　）

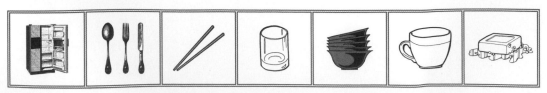

5-4a A：いすが　<u>ありますか</u>。

B：はい、<u>あります</u>。／いいえ、<u>ありません</u>。

- -

A：<ruby>何<rt>なに</rt></ruby>が　ありますか。

B：<ruby>机<rt>つくえ</rt></ruby>が　あります。

▶ A：<ruby>学校<rt>がっこう</rt></ruby>に　プールが　ありますか。

B：はい、あります。

▶ A：<ruby>図書館<rt>としょかん</rt></ruby>に　<ruby>食堂<rt>しょくどう</rt></ruby>が　ありますか。

B：いいえ、ありません。

▶ A：<ruby>本棚<rt>ほんだな</rt></ruby>に　<ruby>何<rt>なに</rt></ruby>が　ありますか。

B：<ruby>中国語<rt>ちゅうごくご</rt></ruby>の　<ruby>本<rt>ほん</rt></ruby>が　あります。

5-4b A：<ruby>犬<rt>いぬ</rt></ruby>が　<u>いますか</u>。

B：はい、<u>います</u>。／いいえ、<u>いません</u>。

- -

A：<ruby>何<rt>なに</rt></ruby>が　いますか。

B：<ruby>猫<rt>ねこ</rt></ruby>が　います。

A：<u>だれ</u>が　いますか。

B：<ruby>鈴木<rt>すずき</rt></ruby>さんが　います。

▶ A：<ruby>公園<rt>こうえん</rt></ruby>に　<ruby>何<rt>なに</rt></ruby>が　いますか。

B：<ruby>鳥<rt>とり</rt></ruby>が　います。

▶ A：<ruby>郵便局<rt>ゆうびんきょく</rt></ruby>に　だれが　いますか。

B：<ruby>桜田<rt>さくらだ</rt></ruby>さんが　います。

▶ A：<ruby>玄関<rt>げんかん</rt></ruby>に　だれが　いますか。

B：お<ruby>客<rt>きゃく</rt></ruby>さんが　います。

5-5 会社に 電話と ファックスが あります。

▶ 本棚に 日本語の 本と 辞書が あります。

▶ 庭に 木と 花と 池が あります。

▶ 教室に 先生と 学生が います。

▶ 公園に 男の人と 女の人が います。

5-6 A : どの車が 佐藤さんのですか。

　　 B : あの車が 佐藤さんのです。

どの ⎰ ペン ⎱ が ⎰ 先生の ⎱ ですか。
　　 ⎱ 人 ⎰ 　 ⎱ 吉田さん ⎰

▶ どの建物が 病院ですか。

▶ どの携帯が 健くんのですか。

▶ どの人が アメリカ人ですか。

は？　が？

e 研講座

・A：スピカの携帯電話は □どれ□ ですか。　／　A：□どれ□ が スピカの携帯電話ですか。
　B：スピカの携帯電話は それです。　　　　B：それが スピカの携帯電話です。

・A：愛の先生は □だれ□ ですか。　　　　　／　A：□だれ□ が 愛の先生ですか。
　B：愛の先生は 鈴木先生です。　　　　　　B：鈴木先生が 愛の先生です。

・A：鈴木先生は □どの人□ ですか。　　　／　A：□どの人□ が 鈴木先生ですか。
　B：鈴木先生は あの方です。　　　　　　　B：あの方が 鈴木先生です。

⇒ 　～は □疑問詞□ …か。　　　　　　　□疑問詞□ が ～ …か。

Ⅰ 例）わたし は 愛です。

①机 □ いす □ あります。

②家 □ 父が います。

③A：公園に 何 □ いますか。

B：犬 □ 猫 □ います。

④学校 □ 食堂 □ あります。

Ⅱ 例）庭に 木が （ あります います ）。

①公園に 馬が （ あります います ）。

②学校に 先生と 学生が （ あります います ）。

③会社に パソコンが （ あります います ）。

④庭に 虫が （ あります います ）。

Ⅲ 例）学校に （ 先生 ）が います。

学校に （ いす ）が あります。

| 先生 いす |

①台所に （　　　　　　　）が います。

台所に （　　　　　　　）が あります。

| 母 冷蔵庫 |

②公園に （　　　　　　　）が います。

公園に （　　　　　　　）が あります。

| 男の人と 女の人 花 |

③庭に （　　　）が います。

庭に （　　　）が あります。

| 木 兄 |

④玄関に （　　　）が います。

玄関に （　　　）が あります。

| 靴 父 |

⑤図書館に （　　　　　　）が います。

図書館に （　　　　　　）が あります。

| 本 高校生 |

話しましょう

Ⅰ

A：①部屋に　テレビが　ありますか。

B：はい、あります。②ラジオも　あります。

A：そうですか。③電話も　ありますか。

B：いいえ、ありません。

（1）①教室　　　　　②テープレコーダー　　　③ピアノ

（2）①学校　　　　　②パソコン　　　　　　　③エレベーター

（3）①会社　　　　　②ファックス　　　　　　③テレビ電話

Ⅱ

A：庭に　だれが　いますか。

B：①弟が　います。

A：②お母さんも　いますか。

B：いいえ、いません。

（1）①兄と　妹　　　　　　②犬

（2）①学校の　先生　　　　②友達

（3）①桜田さん　　　　　　②桜田さんの　奥さん

「魚があります」??

 魚が　います。　　　魚が　あります。

 牛が　います。　　　牛肉が　あります。

▶ 魚、雞、牛、羊等動物活著的時候用「います」，死後變成菜餚時則用「あります」。

　　例）「鳥がいます。」／「鳥肉があります。」（有雞/有雞肉）

　　　　「豚がいます。」／「豚肉があります。」（有豬/有豬肉）

単語		CD A-32	
ここ 0	這裡（近稱）	お菓子 2	糕點，點心
そこ 0	那裡（中稱）	肉 2	肉
あそこ 0	那裡（遠稱）	冷蔵庫 3	冰箱
どこ 1	哪裡	電子レンジ 4	微波爐
▼		ごみ箱 0,2,3	垃圾桶
通り 3	大街，馬路	公衆電話 5	公用電話
東 0,3	東	壁 0	牆壁
西 0	西	ビル 1	大樓，大廈
南 0	南	入り口 0	入口
北 0,2	北	▼	
上 0	上	銀行 0	銀行
下 0	下	レストラン 1	餐廳
右 0	右	キッチン 1	廚房
左 0	左	トイレ 1	洗手間，廁所
中 1	裡面	デパート 2	百貨公司
前 1	前	スーパー 1	超市，超級市場
後ろ 0	後	コンビニ 0	便利商店
横 0	旁邊，側面	映画館 3	電影院
向こう 2,0	對面	駐車場 0	停車場
▼		地下鉄 0	地下鐵
指 2	手指，腳趾	韓国 1	韓國
ベッド 1	床	▼	
ハンカチ 0,3	手帕	へえ 0	（驚訝、感動、懷疑）咦？！
カップ 1	（有把手的）杯子	ピッ 1	（電子音）嗶
牛乳 0	牛奶	～など	（列舉事物）～等等
紅茶 0	紅茶	どうも 1	實在，真是
クッキー 1	餅乾		

CD A-33,34

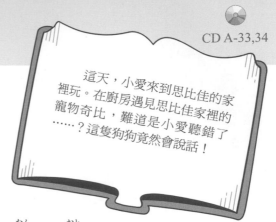

這天，小愛來到思比佳的家裡玩。在廚房遇見思比佳家裡的寵物奇比，難道是小愛聽錯了……？這隻狗狗竟然會說話！

「ここは　わたしの　家です。」

♪　ピッ

「何の　音ですか。」

「かぎです。」

「かぎ？どこですか。」

「かぎは　わたしの　指です。」

「指？すごい！！」

「どうぞ。」

「おじゃまします。」

「ただいま。」

「お帰りなさい。」

「ママ、友達の　愛ちゃんです。」

「はじめまして。愛です。」

「はじめまして。スピカの　母の　ベガです。
キッチンの　テーブルの　上に
クッキーや　ケーキなどが　あります。どうぞ。」

「ありがとうございます。」

すごい：了不起，真厲害

どうぞ：請

おじゃまします：打擾了

ただいま：我回來了

お帰りなさい：你回來啦

◆ 兩人走進廚房。

「えっ、壁に　テレビが　あります。」

「あれは　テレビでは　ありません。電子レンジです。」

「電子レンジ？　隣の　テレビも　電子レンジですか。」

「いいえ、あれは　冷蔵庫です。」

「冷蔵庫？　隣の　紙は　何ですか。」

「あれは　紙では　ありません。パソコンです。」

「へえ〜。」

「あっ、あそこに
　　　犬が　います。」

「ペットの　チッピーです。」

「はじめまして。チッピー。」

「こんにちは。愛ちゃん。」

「！！！」

「お菓子や　紅茶などが　あります。どうぞ。」

「！！！！！！」

Q&A

①スピカの　家の　キッチンの　壁に　何が　ありますか。

_____

②パソコンは　どこですか。

_____

③クッキーや　ケーキなどは　どこですか。

_____

文型

6-1 あそこは　銀行です。

$$\left.\begin{array}{l}ここ\\そこ\\あそこ\end{array}\right\}$$　は　銀行です。　／　銀行は　$$\left\{\begin{array}{l}ここ\\そこ\\あそこ\end{array}\right.$$　です。

▶ ここは　映画館です。

▶ 中学校は　そこです。

▶ エレベーターは　あそこです。

★場所★

食堂・喫茶店・レストラン・大学・郵便局・事務所・大使館・駅・
ホテル・遊園地・動物園・コンビニ・スーパー・デパート・（　　　　　）

6-2 トイレは　どこですか。

入り口
公衆電話 ｝ は　どこですか。
スピカ

▶ A：デパートは　どこですか。
B：デパートは　そこです。

▶ A：（あなたの）会社は　どこですか。
B：新宿です。

▶ A：すみません。ごみ箱は　どこですか。
B：あそこです。（＝あそこに　あります。）

▶ A：松本さんは　どこですか。
B：教室です。（＝教室に　います。）

實用的一句話

A：お国は　どこですか。
　　您是哪國人？
B：台湾です。
　　臺灣。

●こそあど●

	これ	それ	あれ	どれ
物	花はこれです。	花はそれです。	花はあれです。	花はどれですか。
物・人	この〜	その〜	あの〜	どの〜
	先生はこの人です。	先生はその人です。	先生はあの人です。	先生はどの人ですか。
場所	ここ	そこ	あそこ	どこ
	駅はここです。	駅はそこです。	駅はあそこです。	駅はどこですか。
方向	こちら	そちら	あちら	どちら
	東はこちらです。	東はそちらです。	東はあちらです。	東はどちらですか。

こちら：這裡，這邊　　あちら：那裡，那邊

そちら：那裡，那邊　　どちら：哪裡，哪邊

6-3　A：中学校は　どこですか。
　　　B：中学校は　公園の　前です。

駐車場は　スーパーの　{ 前／後ろ／隣 }　です。

▶ A：レストランは　どこですか。
　　B：レストランは　あのビルの　中です。

▶ A：すみません。地下鉄の　駅は　どこですか。
　　B：あのビルの　向こうです。郵便局の　隣です。

▶ A：すみません。公衆電話は　どこですか。
　　B：この通りの　向こうです。コンビニの　横に　あります。

★方位★

東・西・南・北

北
西　東
南

▶ 公園は　大学の　西です。
▶ 銀行は　駅の　北です。

6-4
A：それは どこの 携帯電話ですか。
B：（これは）韓国の 携帯電話です。

▶ A：これは どこの 自動車ですか。
　 B：それは 日本の 自動車です。

▶ A：あの人は どこの 学生ですか。
　 B：東京大学の 学生です。

6-5 机の 上に カップや ノートなどが あります。

▶ 冷蔵庫に 野菜や 肉や 牛乳などが あります。

▶ わたしの 部屋に 机や ベッドや いすなどが あります。

▶ かばんの 中に ハンカチや 本や 傘などが あります。

⭐ 位置関係 ⭐

上・下・右・左

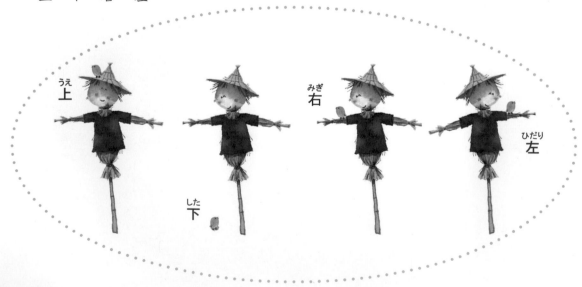

上　　下　　右　　左

練習

Ⅰ 例）わたし は　愛です。

①銀行 □　どこですか。

②病院 □　駅 □　前です。

③A：教室 □　テレビが　ありますか。

　B：はい、あります。

④かばん □　中 □　ハンカチ □　ノート □　ペン □□ が　あります。

⑤A：駅 □　どこですか。

　B：そこです。

Ⅱ

例）図書館は　どこですか。
　　図書館は　学校の　隣です。

| ① | ② | ③ | ④ | ⑤ |

①ビルは　どこですか。＿＿＿＿＿＿＿＿＿＿＿

②子供は　どこですか。＿＿＿＿＿＿＿＿＿＿＿

③鳥は　どこですか。＿＿＿＿＿＿＿＿＿＿＿

④家は　どこですか。＿＿＿＿＿＿＿＿＿＿＿

⑤犬は　どこですか。＿＿＿＿＿＿＿＿＿＿＿

 話しましょう

CD A-35,36

Ⅰ

A：すみません。①<u>トイレ</u>は　どこですか。

B：①<u>トイレ</u>は　②<u>そこ</u>です。

A：どうも　ありがとうございました。

（1）①電話　　　　　　　②あそこ

（2）①新聞　　　　　　　②机の　上

（3）①代々木駅　　　　　②あのビルの　向こう

Ⅱ

A：①<u>冷蔵庫</u>に　何が　ありますか。

B：②<u>卵</u>や　③<u>牛乳</u>などが　あります。

（1）①教室　　　　　　　②机　　　　　　　③いす

（2）①リンさんの　部屋　②ベッド　　　　　③本棚

（3）①新宿　　　　　　　②デパート　　　　③公園

Ⅲ例）A：ライさんは　どこに　いますか。

　　　B：ジョンさんの　隣に　います。

7

単語

いくつ 1	幾個；幾歳	ごはん 1	飯
いくら 1	(價格、數量等)多少	昼ごはん 3	午飯，午餐
▼		おにぎり 2	飯團
～つ	～個；～歳	さしみ 3	生魚片
～個	～個	餃子 0	餃子
～人	～人	ラーメン 1	拉麵，湯麵
～箱	～箱	サンドイッチ 4	三明治
～皿	～盤	にんじん 0	紅蘿蔔
～枚	(薄、扁平物)～張，～件	バナナ 1	香蕉
～台	～台，～部，～輛	オレンジ 2	柳丁，柳橙
～番	(排序)～號	ぶどう 0	葡萄
～冊	～冊，～本	ジュース 1	果汁
～頭	(大型動物)～頭，～匹	アイスクリーム 5	冰淇淋
～回	～回，～次	チョコレート 3	巧克力
～軒	～家，～戸	▼	
～階	～樓	売店 0	(戲院等內設的)小販賣部
～足	(鞋、襪)～雙	切手 0,3	郵票
～匹	(小型動物)～隻，～條(魚)	はがき 0	明信片
～本	(細長物)～枝，～根，～瓶	シャツ 1	襯衫
～杯	～杯	靴下 2,4	襪子
～円	～日圓	大人 0	大人，成年人
何～	幾～，多少～	子供 0	兒童；小孩，子女
▼		ロボット 1,2	機器人
～ぐらい／くらい	大約～，～左右	猿 1	猴，猴子
全部 1	全部	子猿 0	小猴子
おおぜい 0	許多人	牛 0	牛
たくさん 0	許多，很多	川 2	河川
ください 3	請給(我)		

CD B-02,03

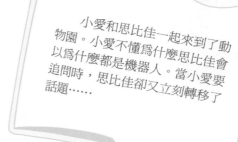
小愛和思比佳一起來到了動物園。小愛不懂爲什麼思比佳會以爲什麼都是機器人。當小愛要追問時，思比佳卻又立刻轉移了話題……

「人（ひと）が　おおぜい　いますね。」

「そうですね。」

「あっ、あそこに　猿（さる）が　たくさん　います。
子猿（こざる）も　います。
1匹（いっぴき）、2匹（にひき）、3匹（さんびき）・・・10匹（じゅっぴき）ぐらい　います。
あれは　ロボットですか。」

「えっ？ロボット？？？」

「愛（あい）、あそこは　何（なん）ですか。」

「売店（ばいてん）です。」

「売店（ばいてん）に　何（なに）が　ありますか。」

「アイスクリームや　お茶（ちゃ）や　おにぎりや　チョコレートなどが　あります。」

「ジュースは　ありますか。」

「はい。りんごジュース、オレンジジュース、ぶどうジュース、
たくさん　あります。」

「オレンジジュースは　いくらですか。」

「1杯（いっぱい）　３５０円（さんびゃくごじゅうえん）です。」

・・・・・・・・・・・・・・・・・・・・・・・・・・・・・・
「そうですね：是呀，就是說呀（表同感）

67

「いらっしゃいませ。」
「オレンジジュースを　ください。」
「いくつですか。」
「2つ　ください。」
「2つで　700円です。どうも　ありがとう　ございました。」

「あの店員は　ロボットですか。」
「ロボット？違います！！」

①子猿は　何匹ぐらい　いますか。

_____

②売店に　何が　ありますか。

_____

③売店に　ぶどうジュースは　ありますか。

_____

④オレンジジュースは　2つで　いくらですか。

_____

⑤店員は　ロボットですか。

_____

文型

7-1 A：りんごは　<u>いくつ</u>　ありますか。
B：りんごは　<u>1つ</u>　あります。
<small>ひと</small>

▶ A：ノートは　何冊　ありますか。
<small>なんさつ</small>
B：8冊　あります。
<small>はっさつ</small>

▶ A：はがきは　何枚　ありますか。
<small>なんまい</small>
B：5枚　あります。
<small>ご　まい</small>

▶ A：にんじんは　何本　ありますか。
<small>なんぼん</small>
B：3本　あります。
<small>さんぼん</small>

▶ A：ごはんは　何杯　ありますか。
<small>なんばい</small>
B：2杯　あります。
<small>に　はい</small>

▶ A：テレビは　何台　ありますか。
<small>なんだい</small>
B：5台　あります。
<small>ご　だい</small>

7-2 A：子供は　<u>何人</u>　いますか。
<small>こ　ども</small>　<small>なんにん</small>
B：<u>6人</u>　います。
<small>ろくにん</small>

▶ A：大人は　何人　いますか。
<small>おとな</small>　<small>なんにん</small>
B：8人　います。
<small>はちにん</small>

▶ A：馬は　何頭　いますか。
<small>うま</small>　<small>なん　とう</small>
B：3頭　います。
<small>さん　とう</small>

▶ A：猫は　何匹　いますか。
<small>ねこ</small>　<small>なんびき</small>
B：6匹　います。
<small>ろっぴき</small>

7-3 A：山田さんは　何歳（＝いくつ）ですか。
B：２５歳です（＝２５です）。

▶ 拓哉くんは　いくつですか。
▶ A：佐藤さんの　子供は　いくつですか。
B：8歳（＝やっつ）です。
▶ A：吉田さんは　何歳ですか。
B：２８歳です。

7-4 人が　おおぜい　います。

バナナが　たくさん　あります。

牛が　たくさん　います。

先生
男の人　｝が　おおぜい　います。
会社員

靴
サンドイッチ　｝が　たくさん　あります。
本

犬
虫　｝が　たくさん　います。
鳥

▶ 映画館に　高校生が　おおぜい　います。
▶ 駅の　前に　銀行が　たくさん　あります。
▶ 川に　魚が　たくさん　います。

7-5 A：みかんを　<u>ください</u>。
　　B：何個ですか。
　　A：2個　ください。

▶ A：切手を　ください。
　　B：何枚ですか。
　　A：3枚　ください。

▶ A：靴下を　ください。
　　B：何足ですか。
　　A：2足　ください。

▶ A：餃子を　3皿と　ラーメンを　1杯　ください。
　　B：はい。

7-6 A：卵は　1つ　<u>いくら</u>ですか。
　　B：30円です。
　　A：5つ<u>で</u>　いくらですか。
　　B：5つで　150円です。

▶ A：さしみは　1皿　いくらですか。
　　B：1皿　980円です。
　　A：2皿で　いくらですか。
　　B：2皿で　1960円です。

▶ A：これと　それと　あれを　ください。
　　全部で　いくらですか。
　　B：全部で　1500円です。

7-7 A：昼ごはんは　いくらぐらいですか。
B：600円ぐらいです。

▶ A：佐藤さんは　何歳ぐらいですか。
B：30歳ぐらいです。

▶ A：魚は　何匹ぐらい　いますか。
B：10匹ぐらい　います。

▶ A：シャツは　何枚ぐらい　ありますか。
B：20枚ぐらい　あります。

 CD B-04,05,06

?		個 こ	人 にん	皿 さら	箱 はこ
?	いくつ	なんこ	なんにん	なんさら	なんはこ（なんぱこ）
1	ひとつ	いっこ	ひとり	ひとさら	ひとはこ
2	ふたつ	にこ	ふたり	ふたさら	ふたはこ
3	みっつ	さんこ	さんにん	みさら	みはこ
4	よっつ	よんこ	よにん	よさら	よんはこ
5	いつつ	ごこ	ごにん	ごさら	ごはこ
6	むっつ	ろっこ	ろくにん	ろくさら	ろくはこ（ろっぱこ）
7	ななつ	ななこ	しちにん（ななにん）	ななさら	ななはこ
8	やっつ	はちこ（はっこ）	はちにん	はちさら	はちはこ（はっぱこ）
9	ここのつ	きゅうこ	きゅうにん（くにん）	きゅうさら	きゅうはこ
10	とお	じゅっこ（じっこ）	じゅうにん	じゅっさら（じっさら）	じゅっぱこ（じっぱこ）
100		ひゃっこ	ひゃくにん	ひゃくさら	ひゃっぱこ
1000		せんこ	せんにん	せんさら	せんぱこ

	 枚 まい	 台 だい	 番 ばん	 冊 さつ	 頭 とう	 回 かい
?	なんまい	なんだい	なんばん	なんさつ	なんとう	なんかい
1	いちまい	いちだい	いちばん	いっさつ	いっとう	いっかい
2	にまい	にだい	にばん	にさつ	にとう	にかい
3	さんまい	さんだい	さんばん	さんさつ	さんとう	さんかい
4	よんまい	よんだい	よんばん	よんさつ	よんとう	よんかい
5	ごまい	ごだい	ごばん	ごさつ	ごとう	ごかい
6	ろくまい	ろくだい	ろくばん	ろくさつ	ろくとう	ろっかい
7	ななまい (しちまい)	ななだい	ななばん	ななさつ	ななとう	ななかい
8	はちまい	はちだい	はちばん	はっさつ	はっとう (はちとう)	はっかい (はちかい)
9	きゅうまい	きゅうだい	きゅうばん	きゅうさつ	きゅうとう	きゅうかい
10	じゅうまい	じゅうだい	じゅうばん	じゅっさつ (じっさつ)	じゅっとう (じっとう)	じゅっかい (じっかい)
100	ひゃくまい	ひゃくだい	ひゃくばん	ひゃくさつ	ひゃくとう	ひゃっかい
1000	せんまい	せんだい	せんばん	せんさつ	せんとう	せんかい

	 軒 けん	 階 かい	 足 そく	 匹 ひき	 本 ほん	 杯 はい
?	なんけん	なんがい	なんぞく	なんびき	なんぼん	なんばい
1	いっけん	いっかい	いっそく	いっぴき	いっぽん	いっぱい
2	にけん	にかい	にそく	にひき	にほん	にはい
3	さんげん	さんがい	さんぞく	さんびき	さんぼん	さんばい
4	よんけん	よんかい	よんそく	よんひき	よんほん	よんはい
5	ごけん	ごかい	ごそく	ごひき	ごほん	ごはい
6	ろっけん	ろっかい	ろくそく	ろっぴき	ろっぽん	ろっぱい
7	ななけん	ななかい	ななそく	ななひき	ななほん	ななはい
8	はちけん (はっけん)	はちかい (はっかい)	はっそく	はちひき (はっぴき)	はちほん (はっぽん)	はっぱい
9	きゅうけん	きゅうかい	きゅうそく	きゅうひき	きゅうほん	きゅうはい
10	じゅっけん (じっけん)	じゅっかい (じっかい)	じゅっそく (じっそく)	じゅっぴき (じっぴき)	じゅっぽん (じっぽん)	じゅっぱい (じっぱい)
100	ひゃっけん	ひゃっかい	ひゃくそく	ひゃっぴき	ひゃっぽん	ひゃっぱい
1000	せんけん	せんかい	せんぞく	せんびき	せんぼん	せんばい

日本語大好き

I 例）わたし　は　愛です。

①A：花□　何本　ありますか。

　B：5本　あります。

②A：4つ□　いくらですか。

　B：1250円です。

③ノート□　ペン□　ください。

④教室□　学生□　おおぜい　います。

⑤木□　上□　鳥□　たくさん　います。

II 例）人が　おおぜい　（　います・あります　）。

①犬が　（　おおぜい　・　たくさん　）　います。

②おにぎりが　（　おおぜい　・　たくさん　）　ありますか。

③アメリカ人が　（　おおぜい　・　たくさん　）（　います　・　あります　）。

④ケーキが　（　おおぜい　・　たくさん　）（　います　・　あります　）。

⑤猫が　（　おおぜい　・　たくさん　）（　います　・　あります　）。

III 例）車が　4台　あります。

①_____　が　2杯　あります。

②_____　が　6冊　あります。

③_____　が　5匹　います。

④_____　が　3軒　あります。

⑤_____　は　2皿で　3000円です。

⑥_____　は　1足　5200円です。

⑦_____　は　10枚で　800円です。

切手	虫
ノート	スーパー
~~車~~	さしみ
靴	コーヒー

Ⅳ例) りんごは　5つで　（　いくつ・(いくら)　）ですか。

　①妹さんは　（　いくつ ・ いくら　）ですか。

　②1つ　（　いくら ・ いくつ　）ですか。

　③加藤さんは　（　何歳 ・ いくら　）ですか。

　④ケーキは　（　1枚 ・ ひとつ　）いくらですか。

Ⅴ例1)　りんご　（5）　⇒　りんごが　5つ　あります。

　例2)　りんご　（?）　⇒　りんごは　何個　ありますか。

　①犬　（3）　_____

　②本　（?）　_____

　③先生　（7）　_____

　④ボールペン　（?）　_____

　⑤自転車　（?）　_____

Ⅰ

A：いらっしゃいませ。

B：①ビールを　3杯と　②餃子を　1皿　ください。

（1）①にんじん・3本　　　　　②トマト・2個

（2）①はがき・5枚　　　　　　②切手・7枚

（3）①ボールペン・1本　　　　②鉛筆・8本

Ⅱ

A：①本は　②何冊ぐらい　ありますか。

B：③50冊ぐらい　あります。

（1）①パソコン　　②何台　　　③40台

（2）①傘　　　　　②何本　　　③20本

（3）①写真　　　　②何枚　　　③300枚

応用会話

A：すみません。

B：いらっしゃいませ。

A：りんごは　1つ　いくらですか。

B：150円です。

A：このオレンジは　1個　いくらですか。

B：120円です。

A：りんごを　3つと　オレンジを　2個　ください。

B：りんごを　3つと　オレンジを　2個ですね。

　　全部で　690円です。ありがとう　ございました。

8

単語

ついたち 一日 4	(毎月的)一日，一號	ねん 〜年	〜年
ふつか 二日 0	二日，二號；兩天	がつ 〜月	〜月
みっか 三日 0	三日，三號；3天	にち 〜日	(日期)〜日；(天數)〜天
よっか 四日 0	四日，四號；4天	じ 〜時	〜點鐘
いつか 五日 0	五日，五號；5天	ふん 〜分	(時間)〜分
むいか 六日 0	六日，六號；6天	はん 〜半	〜半
なのか 七日 0	七日，七號；7天	まえ 〜前	(時間)〜前
ようか 八日 0	八日，八號；8天	〜ごろ	(時間)〜左右，〜前後
ここのか 九日 4	九日，九號；9天	ちょうど 0	正好，整整
とおか 十日 0	十日，十號；10天	お 終わり 0	結束，末尾
はつか 二十日 0	二十日，二十號；20天	つぎ 次 2	下次，下一(個)
▼		▼	
にちようび 日曜日 3	星期日	かいぎ 会議 1, 3	會議
げつようび 月曜日 3	星期一	べんきょう 勉強 0	學習，用功
かようび 火曜日 2	星期二	パーティー 1	派對，聚會
すいようび 水曜日 3	星期三	けっこん 結婚 0	結婚
もくようび 木曜日 3	星期四	きねんび 記念日 2	紀念日
きんようび 金曜日 3	星期五	ひ 日 0	(特定的)日子，日期；太陽
どようび 土曜日 2	星期六	あか 赤ワイン 3	紅酒
▼		しろ 白ワイン 3	白酒
きょう 今日 1	今天	プレゼント 2	禮物
こんや 今夜 1	今晚，今夜	ばら 0	薔薇，玫瑰
ひ で 日の出 0	日出	ネクタイ 1	領帶
ごぜん 午前 1	上午	てぶくろ 手袋 2	手套
しょうご 正午 1	正午	ウール 1	羊毛；(羊)毛織品
ごご 午後 1	下午	シルク 1	絲，綢
いま 今 1	現在，目前	か もの 買い物 0	買東西，購物
なつやす 夏休み 3	暑假	ちか 地下 1, 2	地下
せいき 世紀 1	世紀	ロンドン 1	倫敦

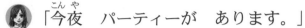

小愛家裡晚上要辦派對，所以找了思比佳陪她一起到百貨公司買東西。今天究竟是什麼日子，需要如此大費周章呢？

「今夜 パーティーが あります。」

「今日は 何の 日ですか。」

「今日は パパと ママの 結婚記念日です。」

「おめでとうございます。
パーティーは 何時から 何時までですか。」

「パーティーは 7時から 10時ごろまでです。
買い物が たくさん あります。」

ここは デパートです。

「すみません、ネクタイは どこですか。
手袋は どこに ありますか。」

「ネクタイは 5階で、手袋は 2階です。」

「ありがとうございます。」

「プレゼントですか。」

「そうですよ。」

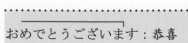

おめでとうございます：恭喜

かしこまりました：是的，遵命（在此為服務人員
用語，回應顧客的指示、請求）
お願いします：拜託您了，麻煩您了

①今日は　何の　日ですか。＿＿＿＿＿＿＿＿＿＿＿＿＿

②プレゼントは　何ですか。＿＿＿＿＿＿＿＿＿＿＿＿＿

③買い物は　終わりです。今　何時ですか。＿＿＿＿＿＿＿＿＿

文型

8-1 A：（今）何時ですか。

B：7時です。

8時
4時半
2時15分
│ です。

▸ A：すみません。今　何時ですか。

B：ちょうど　10時です。

▸ A：今　何時ですか。

B：11時5分前です。

▸ A：ロンドンは　今　何時ですか。

B：正午です。

★ 一日 ★

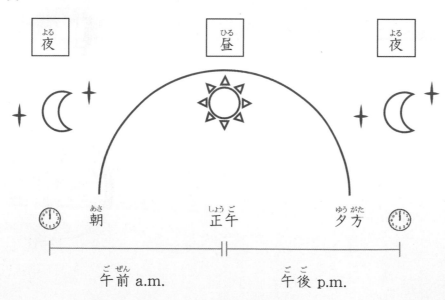

★ 何時ですか ★

時		分	
？	なんじ	？	なんぷん
1時	いちじ	1分	いっぷん
2時	にじ	2分	にふん
3時	さんじ	3分	さんぷん
4時	よじ	4分	よんぷん
5時	ごじ	5分	ごふん
6時	ろくじ	6分	ろっぷん
7時	しちじ	7分	ななふん
8時	はちじ	8分	はっぷん（＝はちふん）
9時	くじ	9分	きゅうふん
10時	じゅうじ	10分	じゅっぷん（＝じっぷん）
11時	じゅういちじ	15分	じゅうごふん
12時	じゅうにじ	20分	にじゅっぷん（＝にじっぷん）
		30分	さんじゅっぷん（＝さんじっぷん）＝半
		40分	よんじゅっぷん（＝よんじっぷん）
		50分	ごじゅっぷん（＝ごじっぷん）

8-2
A：今日は　何月何日ですか。
B：（今日は）　3月11日です。

▶ A：何月ですか。
　　B：10月です。

▶ A：何日ですか。
　　B：22日です。

▶ A：何年ですか。
　　B：2010年です。

▶ A：何曜日ですか。
　　B：水曜日です。

▶ A：今は　何世紀ですか。
　　B：（今は）　21世紀です。

★何曜日ですか★

日曜日	にちようび
月曜日	げつようび
火曜日	かようび
水曜日	すいようび
木曜日	もくようび
金曜日	きんようび
土曜日	どようび

★何年ですか★

1年	いちねん
2年	にねん
3年	さんねん
4年	よねん
5年	ごねん
6年	ろくねん
7年	ななねん
8年	はちねん
9年	きゅうねん
10年	じゅうねん

★ 何月（なんがつ）ですか ★

1 月	いちがつ	7 月	しちがつ
2 月	にがつ	8 月	はちがつ
3 月	さんがつ	9 月	くがつ
4 月	しがつ	10 月	じゅうがつ
5 月	ごがつ	11 月	じゅういちがつ
6 月	ろくがつ	12 月	じゅうにがつ

★ 何日（なんにち）ですか ★

1月

日（にち）	月（げつ）	火（か）	水（すい）	木（もく）	金（きん）	土（ど）
	1 ついたち 一日	**2** ふつか 二日	**3** みっか 三日	**4** よっか 四日	**5** いつか 五日	**6** むいか 六日
7 なのか 七日	**8** ようか 八日	**9** ここのか 九日	**10** とおか 十日	**11** じゅういちにち 十一日	**12** じゅうににち 十二日	**13** じゅうさんにち 十三日
14 じゅうよっか 十四日	**15** じゅうごにち 十五日	**16** じゅうろくにち 十六日	**17** じゅうしちにち 十七日	**18** じゅうはちにち 十八日	**19** じゅうくにち 十九日	**20** はつか 二十日
21 にじゅういちにち 二十一日	**22** にじゅうににち 二十二日	**23** にじゅうさんにち 二十三日	**24** にじゅうよっか 二十四日	**25** にじゅうごにち 二十五日	**26** にじゅうろくにち 二十六日	**27** にじゅうしちにち 二十七日
28 にじゅうはちにち 二十八日	**29** にじゅうくにち 二十九日	**30** さんじゅうにち 三十日	**31** さんじゅういちにち 三十一日			

8-3 銀行は　9時から　3時までです。

$$
\left.\begin{array}{l}
8時 \\
午前10時 \\
火曜日
\end{array}\right\} から \left\{\begin{array}{l}
4時 \\
午後1時 \\
木曜日
\end{array}\right\} までです。
$$

▶ 勉強は　午前10時から　午後1時までです。

▶ 夏休みは　7月20日から　8月31日までです。

▶ 郵便局は　月曜日から　金曜日までです。

8-4 A：東京の　日の出は　何時ごろですか。
　　　B：5時ごろです。

$$
\left.\begin{array}{l}
3時 \\
10日 \\
5月
\end{array}\right\} ごろです。
$$

▶ A：パーティーは　何日ごろですか。
　　B：20日ごろです。

▶ A：次の　会議は　何時ごろからですか。
　　B：10時ごろからです。

Ⅰ 例）わたし　は　愛です。

① 今日□　　5月14日です。

② A：夏休みは　何月何日□□　　何月何日□□　ですか。

　　B：7月21日□□　　8月31日□□　です。

③ A：学校は　何時までですか。

　　B：3時□□までです。

④ ここ□　　郵便局です。郵便局は　9時□□　5時□□　です。

⑤ 今日□　何□　日ですか。

Ⅱ 例）6月2日

　　　（ろくがつふつか）

① 3時20分

　　（　　　　　　　　　　　　　　　　　　　　）

② 12時8分

　　（　　　　　　　　　　　　　　　　　　　　）

③ 2005年9月7日

　　（　　　　　　　　　　　　　　　　　　　　）

④ 4月17日土曜日

　　（　　　　　　　　　　　　　　　　　　　　）

⑤ 1641年9月28日

　　（　　　　　　　　　　　　　　　　　　　　　　　　　）

Ⅲ 「<ruby>何時<rt>なんじ</rt></ruby>ですか。」

<ruby>例<rt>れい</rt></ruby>）　<ruby>12時<rt>じゅうに じ</rt></ruby>　<ruby>4 5分<rt>よんじゅうご ふん</rt></ruby>です。

①<ruby>12時<rt>じゅうに じ</rt></ruby><ruby>半<rt>はん</rt></ruby>です。

②<ruby>12時<rt>じゅうに じ</rt></ruby><ruby>5分前<rt>ご ふんまえ</rt></ruby>です。

③ちょうど<ruby>12時<rt>じゅうに じ</rt></ruby>です。

④<ruby>12時<rt>じゅうに じ</rt></ruby><ruby>5分<rt>ご ふん</rt></ruby>です。

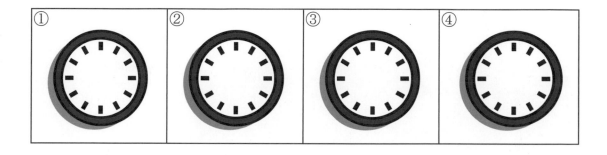

Ⅳ

	<ruby>日本<rt>に ほん</rt></ruby>	<ruby>台湾<rt>たいわん</rt></ruby>
<ruby>銀行<rt>ぎんこう</rt></ruby>	<ruby>9時<rt>く じ</rt></ruby>から　<ruby>3時<rt>さん じ</rt></ruby>まで	（　）<ruby>時<rt>じ</rt></ruby>から　　（　）<ruby>時<rt>じ</rt></ruby>まで
<ruby>郵便局<rt>ゆうびんきょく</rt></ruby>	<ruby>9時<rt>く じ</rt></ruby>から　<ruby>5時<rt>ご じ</rt></ruby>まで	（　）<ruby>時<rt>じ</rt></ruby>から　　（　）<ruby>時<rt>じ</rt></ruby>まで
<ruby>図書館<rt>と しょかん</rt></ruby>	<ruby>9時<rt>く じ</rt></ruby>から　<ruby>7時<rt>しち じ</rt></ruby>まで	（　）<ruby>時<rt>じ</rt></ruby>から　　（　）<ruby>時<rt>じ</rt></ruby>まで
デパート	<ruby>10時<rt>じゅう じ</rt></ruby>から　<ruby>8時<rt>はち じ</rt></ruby>まで	（　）<ruby>時<rt>じ</rt></ruby>から　　（　）<ruby>時<rt>じ</rt></ruby>まで

話しましょう

CD B-13,14

I

A：はい、①<ruby>代々木図書館<rt>よよぎとしょかん</rt></ruby>です。

B：すみません。<ruby>何時<rt>なんじ</rt></ruby>から　<ruby>何時<rt>なんじ</rt></ruby>までですか。

A：②<ruby>午前9時<rt>ごぜんくじ</rt></ruby>から　③<ruby>午後7時<rt>ごごしちじ</rt></ruby>までです。

B：ありがとうございます。

（1）①<ruby>大使館<rt>たいしかん</rt></ruby>　　　　②<ruby>午前9時<rt>ごぜんくじ</rt></ruby>　　　　③<ruby>午後4時<rt>ごごよじ</rt></ruby>

（2）①ムーン<ruby>銀行<rt>ぎんこう</rt></ruby>　　　②<ruby>午前9時<rt>ごぜんくじ</rt></ruby>　　　　③<ruby>午後3時<rt>ごごさんじ</rt></ruby>

（3）①<ruby>新宿病院<rt>しんじゅくびょういん</rt></ruby>　　②<ruby>午前8時45分<rt>ごぜんはちじよんじゅうごふん</rt></ruby>　③<ruby>午後4時30分<rt>ごごよじさんじゅっぷん</rt></ruby>

<ruby>応用会話<rt>おうようかいわ</rt></ruby>

A：はい、ＡＢＣ<ruby>映画館<rt>えいがかん</rt></ruby>です。

B：「チッピーの<ruby>望遠鏡<rt>ぼうえんきょう</rt></ruby>」の　<ruby>映画<rt>えいが</rt></ruby>は　<ruby>何月何日<rt>なんがつなんにち</rt></ruby>からですか。

A：<ruby>3月4日土曜日<rt>さんがつよっかどようび</rt></ruby>からです。

B：いつごろまでですか。

A：<ruby>4月28日<rt>しがつにじゅうはちにち</rt></ruby>までです。

B：<ruby>映画<rt>えいが</rt></ruby>は　<ruby>何時<rt>なんじ</rt></ruby>からですか。

A：<ruby>午前10時<rt>ごぜんじゅうじ</rt></ruby>からと、<ruby>午後12時半<rt>ごごじゅうにじはん</rt></ruby>からと、<ruby>午後3時<rt>ごごさんじ</rt></ruby>からです。

B：ありがとうございます。

9

単語

いつ 1	何時，什麼時候	あさ 朝 1	早晨，早上
こ とし 今年 0	今年	ゆうがた 夕方 0	傍晚，黃昏
らいねん 来年 0	明年	よる 夜 1	夜，夜晚
さ らいねん 再来年 0	後年	いちにち 一日 4	一天；整天
きょねん 去年 1	去年	▼	
おととし 2	前年	し ごと 仕事 0	工作
▼		じゅぎょう 授業 1	上課，授課
こんげつ 今月 0	本月	れんしゅう 練習 0	練習
らいげつ 来月 1	下個月	し けん 試験 2	考試
さ らいげつ 再来月 0,2	下下個月	やす 休み 3	休息；假期
せんげつ 先月 1	上個月	ふゆやす 冬休み 3	寒假
せんせんげつ 先々月 3,0	上上個月	たんじょう び 誕生日 3	生日
▼		クリスマス 3	聖誕節
こんしゅう 今週 0	本週	コンサート 1	音樂會，演唱會
らいしゅう 来週 0	下週	▼	
さ らいしゅう 再来週 0	下下週	サッカー 1	足球
せんしゅう 先週 0	上週	ボール 0,1	球
せんせんしゅう 先々週 0,3	上上週	▼	
▼		ぼく 1	我(男子對同輩晚輩用)
あした 3	明天	ひいおばあちゃん 4 （ひいおばあさん 4）	曾祖母，曾外婆
あさって 2	後天		
きのう 2	昨天	▼	
おととい 3	前天	は 晴れ 2	晴，晴天
▼		あめ 雨 1	雨，雨天
け さ 今朝 1	今天早上	くも 曇り 3	陰天
こんばん 今晩 1	今晚		
ゆうべ 0	昨夜，昨晚		

CD B-16,17

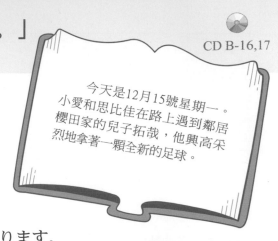

今天是12月15號星期一。小愛和思比佳在路上遇到鄰居櫻田家的兒子拓哉，他興高采烈地拿著一顆全新的足球。

「拓哉くん、こんにちは。サッカーの
練習ですか。」

「こんにちは。
2時から　サッカーの　練習が　あります。
このボールは　誕生日の　プレゼントです。
きのうは　ぼくの　誕生日でした。」

「拓哉くん、おめでとう。」

「ありがとう。いってきます。」

「いってらっしゃい。」

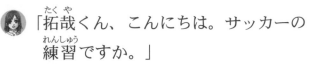

日	月	火	水	木	金	土
	1	2	3	4	5	6
7	8	9	10	11	12	13
14	15	16	17	18	19	20
21	22	23	24	25	26	27
28	29	30	31			

いってきます：我走了，我出門了

いってらっしゃい：慢走，路上小心

Q&A

① 拓哉の　誕生日は　いつですか。

_____

② 今年の　愛の　誕生日は　何曜日ですか。

_____

③ クリスマスは　何月何日ですか。

_____

文型

9-1 A：きのうは　何曜日でしたか。
B：きのうは　日曜日でした。

おととい
先週の　水曜日 } は { 土曜日
10日
11月 } でした。
先月

▶ きのうは　晴れでした。
▶ 先週の　金曜日は　休みでした。
▶ おとととしは　20（　）（　）年でした。

晴れ　　曇り　　雨

★時間★

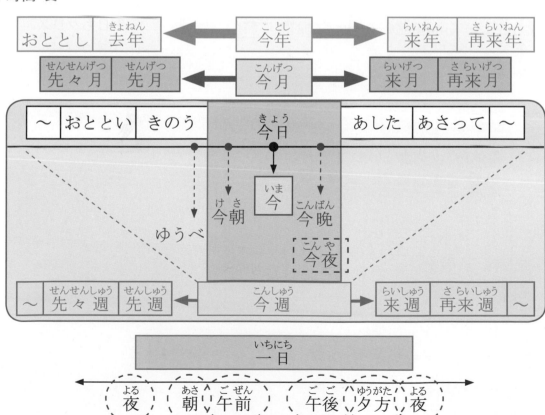

| おととし | 去年 | ← | 今年 | → | 来年 | 再来年 |
| 先々月 | 先月 | ← | 今月 | → | 来月 | 再来月 |

| 〜 | おととい | きのう | 今日 | | あした | あさって | 〜 |

けさ　今朝　　今　いま　　こんばん　今晩

ゆうべ

こんや　今夜

| 〜 | 先々週 | 先週 | ← | 今週 | → | 来週 | 再来週 | 〜 |

一日　いちにち

夜　よる　　朝　あさ　午前　ごぜん　　午後　ごご　夕方　ゆうがた　夜　よる

9-2

A：きのうは　休みでしたか。

B 1：はい、きのうは　休みでした。

B 2：いいえ、きのうは　休みでは　ありませんでした。

　　　　　（＝休みじゃ　ありませんでした）

▶ A：きのうの　授業は　鈴木先生の　授業でしたか。

　 B：いいえ、きのうの　授業は　鈴木先生の　授業では　ありませんでした。

　　　佐藤先生の　授業でした。

▶ 試験は　きのうの　朝では　ありませんでした。

▶ 先週の　土曜日は　雨では　ありませんでした。

9-3

A：（あなたの）誕生日は　いつですか。

B：9月4日です。

誕生日

冬休み　　｝は　いつですか。

会議

▶ A：仕事の　休みは　いつですか。

　 B：仕事の　休みは　土曜日と　日曜日です。

▶ A：旅行は　いつからですか。

　 B：来週の　金曜日からです。

▶ A：コンサートは　いつでしたか。

　 B：おとといの　夜でした。

★ 国民の祝日―――日本的國定假日 ★

12月
天皇誕生日…12/23

11月
文化の日…11/3
勤労感謝の日…11/23

1月
元日…1/1
成人の日…第2月曜日

2月
建国記念日…2/11

10月
体育の日…第2月曜日

3月
春分の日…3/21ごろ

9月
敬老の日…第3月曜日
秋分の日…9/23ごろ

4月
昭和の日…4/29

7月
海の日…第3月曜日

5月
憲法記念日…5/3
みどりの日…5/4
こどもの日…5/5

▶ A：日本の　こどもの　日は　いつですか。
　　B：5月5日です。

▶ A：海の　日は　何月何日ですか。
　　B：7月の　第3月曜日です。

日本語大好き

練習

Ⅰ 例）わたし は　愛です。

①誕生日 □　　いつですか。

②わたし □　　誕生日 □　　1月20日です。

③先週 □　　土曜日 □　　母の　誕生日でした。

④あした □　　午後　会議 □　　あります。

⑤父 □　　休み □　　日曜日 □　　水曜日です。

Ⅱ 例）今日は　10日　（ です　　でした ）。

①あしたは　日曜日　（ です　　でした ）。

②会議は　先週の　金曜日　（ です　　でした ）。

③きのうは　休み　（ でした　　ではありません ）。

④おとといは　雨　（ ではありません　　ではありませんでした ）。

⑤A：来年の　1月1日は　何曜日　（ ですか　　でしたか ）。

　B：水曜日　（ です　　でした ）。

Ⅲ 例）A：お母さんの　誕生日は　いつですか。

　　　B：母の　誕生日は　3月3日です。

例）母

3月						
日	月	火	水	木	金	土
		1	2	③	4	5
6	7	8	9	10	11	12
13	14	15	16	17	18	19
20	21	22	23	24	25	26
27	28	29	30	31		

①弟

9月						
日	月	火	水	木	金	土
					1	2
3	4	5	6	7	8	⑨
10	11	12	13	14	15	16
17	18	19	20	21	22	23
24	25	26	27	28	29	30

②妹

10月						
日	月	火	水	木	金	土
1	2	3	4	5	6	7
8	9	10	11	12	13	14
15	16	17	18	19	20	21
22	23	㉔	25	26	27	28
29	30	31				

③鈴木先生

8月						
日	月	火	水	木	金	土
	1	2	3	4	5	6
7	8	9	⑩	11	12	13
14	15	16	17	18	19	20
21	22	23	24	25	26	27
28	29	30	31			

Ⅳ 今日は 1月14日です。

例) 今日は 何曜日ですか。 → 水曜日です。

1月						
日	月	火	水	木	金	土
				1 休み	2	3
4 コンサート	5	6 会議	7	8	9	10
11	12	13 会議	⑭ 📌	15	16 試験	17
18	19	20 会議	21	22	23 ← 旅行	24 旅行
25 → 旅行	26	27 会議	28	29	30	31 林さんの 誕生日

①会議は 何曜日ですか。 →

②来週の 月曜日は 何日ですか。 →

③林さんの 誕生日は 何日ですか。 →

④今週の 日曜日は コンサートでしたか。 →

⑤先々週の 木曜日は 休みでしたか。 →

⑥試験は いつですか。 →

⑦旅行は いつから いつまでですか。 →

話しましょう

CD B-18,19,20

Ⅰ

A：もしもし、①<u>日本語学校</u>ですか。

B：はい、そうです。

A：すみません、休みは　いつですか。

B：②<u>日曜日</u>です。

A：どうも　ありがとうございました。

（1）①中央図書館　　　　　②月曜日

（2）①新宿郵便局　　　　　②土曜日と　日曜日

（3）①さくらスーパー　　　②1月1日から　3日まで

Ⅱ

A：今日は　<u>試験</u>ですか。

B：はい、<u>試験</u>です。

A：きのうも　<u>試験</u>でしたか。

B：いいえ、きのうは　<u>試験</u>では　ありませんでした。

（1）休み

（2）会議

（3）仕事

応用会話

A：今日から　来週の　月曜日まで　休みですね。

B：はい。来週の　火曜日から　試験が　あります。

A：そうですか。わたしの　学校の　試験は　きのうまででした。

単語		CD B-21	
書きます3【書く1】	寫	晩ごはん3	晩飯，晩餐
聞きます3【聞く0】	聽；詢問	料理1	飯菜；烹飪，做菜
弾きます3【弾く0】	彈，彈奏	サラダ1	沙拉
泳ぎます4【泳ぐ2】	游泳	ピザ1	披薩
働きます5【働く0】	勞動，工作	アップルパイ4	蘋果派
消します3【消す0】	關掉(電燈等)	いちご0	草莓
飲みます3【飲む1】	喝；吃(藥)	ジャム1	果醬
休みます4【休む2】	休息；缺勤	味0	味道，滋味
読みます3【読む1】	讀，唸；閱讀	漫画0	漫畫
送ります4【送る0】	寄送；送行	切符0	票(車票、入場券等)
切ります3【切る1】	切，割，砍，剪	映画1,0	電影
作ります4【作る2】	做，製作	電気1	電；電燈
撮ります3【撮る1】	照相，拍攝	ドア1	門
歌います4【歌う0】	唱，歌唱	荷物1	行李
買います3【買う0】	買，購買	背広0	西裝
吸います3【吸う0】	吸入，吸(菸)	ワイシャツ0	(男性)襯衫
手伝います5【手伝う3】	幫助，幫忙	ギター1	吉他
浴びます3【浴びる0】	淋，澆，沐浴	テニス1	網球
着ます2【着る0】	穿(衣服)	シャワー1	淋浴
見ます2【見る1】	看，觀看	たばこ0	香菸
覚えます4【覚える3】	記住，記得	手紙0	信
開けます3【開ける0】	開，打開(門等)	日記0	日記
つけます3【つける2】	打開(電燈等)	レポート2,0	報告，報告書
食べます3【食べる2】	吃	漢字0	漢字
閉めます3【閉める2】	關，關上(門等)	▼	
します2【する0】	做	～たち	～們，～等
散歩します5【散歩する0】	散步	わあ0	(表驚訝、感動)哇!
掃除します5【掃除する0】	打掃	ええ1	(表同意)嗯，是
運転します6【運転する0】	操作，駕駛	さっき1	剛才

CD B-22,23

再過幾天就是聖誕節，也是
小愛的生日。今天，廚藝過人的
真理媽媽特別做了好多料理請大
家到家裡為小愛提前慶生。小愛
也做了最拿手的蘋果派……

「こんにちは。」

「スピカちゃん、いらっしゃい。
　どうぞ。」

「失礼します。」

「桜田さんたちも　います。
　スピカちゃん、何を　飲みますか。
　オレンジジュース？　紅茶？」

「オレンジジュースを　ください。」

「はい、どうぞ。」

「ありがとうございます。」

「わあ、ピザや　サラダなどが　たくさん　あります。」

「お母さんが　料理を　作りました。」

「愛は　何を　しましたか。」

「アップルパイを　作りました。」

「健くんは　手伝いましたか。」

「いいえ、何も　手伝いませんでした。
　健は　午後1時から　3時まで　勉強しました。」

いらっしゃい：歡迎光臨（「いらっしゃいませ」之略）
失礼します：打擾了（進屋前）；失陪（欲離開時）

101

「スピカ、アップルパイを　食べますか。」

「はい、食べます。」

「アップルパイを　切ります。どうぞ。」

「いただきます。・・・？

　ひいおばあちゃんの　アップルパイの

　味です！」

「ひいおばあちゃん？」

「ひいおばあちゃんの　写真を　見ますか。」

「ええ。」

「これです。

　これは、ひいおばあちゃんの　１２６歳の　誕生日の　写真です。」

「１２６歳！！！」

いただきます：開動，那我就不客氣了（用於吃、喝之前）

①スピカは　何を　飲みますか。

_____

②だれが　料理を　作りましたか。

_____

③愛は　何を　作りましたか。

_____

④健は　手伝いましたか。

_____

⑤スピカは　愛の　ひいおばあちゃんの　写真を　見ましたか。

_____

10-1 ケーキを　食べます。

紅茶
水　　｝　を　飲みます。
お酒

▶ 手紙を　書きます。

▶ はがきと　切手を　買います。

▶ 上着を　着ます。

▶ 電気を　つけます。 …… ⇔ 消します

▶ 部屋を　掃除します。

▶ 車を　運転します。

★ ＿＿＿を食べます ★

食べ物

チョコレート　パン　ケーキ　アイスクリーム
すきやき　卵　てんぷら　ごはん　そば　うどん　野菜
肉　すし　ラーメン　餃子　果物

★ ＿＿＿を飲みます ★

飲み物

お茶　紅茶　牛乳＝ミルク　水　コーラ　お酒　ウイスキー
ウーロン茶　ジュース　コーヒー　ビール　ワイン

10-2
A：牛乳を　飲みますか。
B1：はい、飲みます。
B2：いいえ、飲みません。

▶ A：新聞を　読みますか。
　 B：はい、読みます。

▶ A：ギターを　弾きますか。
　 B：いいえ、弾きません。

▶ A：たばこを　吸いますか。
　 B：いいえ、吸いません。

10-3a
A：何を　聞きますか。
B：日本の　歌を　聞きます。

▶ A：何を　作りますか。
　 B：いちごの　ジャムを　作ります。

▶ A：何を　読みますか。
　 B：科学の　本を　読みます。

▶ A：何を　買いますか。
　 B：背広と　ワイシャツを　買います。

10-3b

A：<ruby>何<rt>なに</rt></ruby>を　しますか。

B：<ruby>泳<rt>およ</rt></ruby>ぎます。

A：<ruby>何<rt>なに</rt></ruby>を　しますか。

B：{ <ruby>写真<rt>しゃしん</rt></ruby>を　<ruby>撮<rt>と</rt></ruby>ります。
<ruby>働<rt>はたら</rt></ruby>きます。
<ruby>散歩<rt>さんぽ</rt></ruby>します。 }

▶ A：<ruby>何<rt>なに</rt></ruby>を　しますか。

B：<ruby>休<rt>やす</rt></ruby>みます。

▶ A：<ruby>今日<rt>きょう</rt></ruby>の　<ruby>午後<rt>ごご</rt></ruby>、<ruby>何<rt>なに</rt></ruby>を　しますか。

B：テニスを　します。

▶ A：<ruby>夜<rt>よる</rt></ruby>　<ruby>何<rt>なに</rt></ruby>を　しますか。

B：<ruby>漢字<rt>かんじ</rt></ruby>を　<ruby>覚<rt>おぼ</rt></ruby>えます。

10-4

A：<ruby>何<rt>なに</rt></ruby>を　<ruby>食<rt>た</rt></ruby>べますか。

B：<ruby>何<rt>なに</rt></ruby>も　<ruby>食<rt>た</rt></ruby>べません。

▶ A：<ruby>何<rt>なに</rt></ruby>を　<ruby>飲<rt>の</rt></ruby>みますか。
B：<ruby>何<rt>なに</rt></ruby>も　<ruby>飲<rt>の</rt></ruby>みません。

▶ A：<ruby>何<rt>なに</rt></ruby>を　<ruby>歌<rt>うた</rt></ruby>いますか。
B：<ruby>何<rt>なに</rt></ruby>も　<ruby>歌<rt>うた</rt></ruby>いません。

▶ A：<ruby>何<rt>なに</rt></ruby>を　しますか。
B：<ruby>何<rt>なに</rt></ruby>も　しません。

10-5a　きのう　レポートを　書き<u>ました</u>。

きのう
- 新聞を　　　　　読みました。
- 映画を　　　　　　見ました。
- ピアノの　練習を　しました。

▶ おととい　学校を　休みました。

▶ さっき　荷物を　送りました。

▶ A：ドアを　閉めましたか。
　 B：はい、閉めました。 ……↔ 開けました

▶ A：ゆうべ　何を　しましたか。
　 B：日本語の　勉強を　しました。

10-5b　きのう　レポートを　書き<u>ませんでした</u>。

きのう
- 漫画を　　　　読みませんでした。
- 晩ごはんを　　食べませんでした。
- 仕事を　　　　　しませんでした。

▶ きのうの　夜　日記を　書きませんでした。

▶ ゆうべ　シャワーを　浴びませんでした。

▶ きのう　掃除を　しませんでした。

▶ A：今朝　何を　飲みましたか。
　 B：何も　飲みませんでした。

動詞

書きます	書きません	書きました	書きませんでした
聞きます	聞きません	聞きました	聞きませんでした
弾きます	弾きません	弾きました	弾きませんでした
消します	消しません	消しました	消しませんでした
持ちます	持ちません	持ちました	持ちませんでした
飲みます	飲みません	飲みました	飲みませんでした
読みます	読みません	読みました	読みませんでした
送ります	送りません	送りました	送りませんでした
切ります	切りません	切りました	切りませんでした
買います	買いません	買いました	買いませんでした
起きます	起きません	起きました	起きませんでした
覚えます	覚えません	覚えました	覚えませんでした
開けます	開けません	開けました	開けませんでした
つけます	つけません	つけました	つけませんでした
かけます	かけません	かけました	かけませんでした
浴びます	浴びません	浴びました	浴びませんでした
投げます	投げません	投げました	投げませんでした
食べます	食べません	食べました	食べませんでした
閉めます	閉めません	閉めました	閉めませんでした
着ます	着ません	着ました	着ませんでした
見ます	見ません	見ました	見ませんでした
寝ます	寝ません	寝ました	寝ませんでした
来ます	来ません	来ました	来ませんでした
します	しません	しました	しませんでした

I 例) わたし は 愛です。

①オレンジジュース □ 飲みます。

②料理 □ たくさん あります。

③今朝 ごはん □ 食べませんでした。

④A：ゆうべ 何 □ しましたか。

B：日本 □ 漫画 □ 読みました。

⑤A：きのう 何 □ 買いましたか。

B：何 □ 買いませんでした。

II 例) A：何を 食べますか。（花 ケーキ コーヒー）

B：ケーキを 食べます。

①A：何を 飲みますか。（ピザ はさみ コーヒー）

B：

②A：あした 何を 着ますか。（日記 ワイシャツ 牛乳）

B：

③A：今日 何を 買いますか。（テニス ボールペン 勉強）

B：

④A：きのう 何を 読みましたか。（手紙 テレビ 映画）

B：

Ⅲ 例)

本を　<u>読みます</u>。

① 料理を　＿＿＿＿＿＿＿＿＿＿＿。

② ピアノを　＿＿＿＿＿＿＿＿＿＿＿。

③ 写真を　＿＿＿＿＿＿＿＿＿＿＿。

④ ラジオを　＿＿＿＿＿＿＿＿＿＿＿。

Ⅳ 例)

本を　<u>読みません</u>。

① 勉強を　＿＿＿＿＿＿＿＿＿＿＿。

② テレビを　＿＿＿＿＿＿＿＿＿＿＿。

③ たばこを　＿＿＿＿＿＿＿＿＿＿＿。

④ 電話を　＿＿＿＿＿＿＿＿＿＿＿。

話しましょう

CD B-24,25,26

Ⅰ

A：①ケーキを　②食べますか。

B：はい、②食べます。③サンドイッチも　②食べます。

（1）①野菜　　　　　　　　②買います　　　③果物

（2）①ビール　　　　　　　②飲みます　　　③日本の　お酒

（3）①日本語の　新聞　　　②読みます　　　③フランス語の　新聞

Ⅱ

A：きのう　何を　しましたか。

B：①テニスを　②しました。

A：今日も　②しますか。

B：いいえ、②しません。

（1）①レポート　　　　　　②書きます

（2）①日本料理　　　　　　②作ります

（3）①ギターの　練習　　　②します

応用会話

A：あした　何を　しますか。

B：アメリカの　映画を　見ます。
　　切符を　2枚　買いました。友達も　見ます。

A：わたしは　買い物を　します。
　　かばんや　靴を　買います。

いい／よい₁	好的；可以的	まじめ（な）₀	認真(的)
大（おお）きい₃	大的	有名（ゆうめい）（な）₀	有名(的)，著名(的)
小（ちい）さい₃	小的	暇（ひま）（な）₀	空閒(的)
重（おも）い₀	重的	丈夫（じょうぶ）（な）₀	健康(的)；堅固結實(的)
軽（かる）い₀	輕的	大丈夫（だいじょうぶ）（な）₃	沒關係(的)，不要緊(的)
新（あたら）しい₄	新的	大切（たいせつ）（な）₀	重要(的)；愛惜(的)
古（ふる）い₂	舊的	便利（べんり）（な）₁	便利(的)，方便(的)
高（たか）い₂	高的；貴的	不便（ふべん）（な）₁	不便(的)，不方便(的)
安（やす）い₂	便宜的，低廉的	安全（あんぜん）（な）₀	安全(的)
明（あか）るい₀	明亮的；開朗的	静（しず）か（な）₁	安靜(的)
暗（くら）い₀	暗的；陰鬱的	にぎやか（な）₂	熱鬧(的)，繁華(的)
広（ひろ）い₂	寬廣的	▼	
狭（せま）い₂	狹小的，狹窄的	かきます₃【かく₁】	畫
太（ふと）い₂	粗的	絵（え）₁	圖，畫
暑（あつ）い₂	炎熱的	美術館（びじゅつかん）₃,₂	美術館
寒（さむ）い₂	寒冷的	画家（がか）₀	畫家
熱（あつ）い₂	熱的，燙的	彼（かれ）₁	他；男朋友
冷（つめ）たい₀	冰涼的；(個性)冷淡的	彼女（かのじょ）₁	她；女朋友
厚（あつ）い₀	厚的	コート₁	大衣，外套
おいしい₀,₃	好吃的，美味的	山（やま）₂	山
甘（あま）い₀	甜的，有甜味的	寺（てら）₂	寺廟，寺院
酸（す）っぱい₃	酸的	村（むら）₂	村莊，鄉村
楽（たの）しい₃	快樂的，高興的	町（まち）₂	城鎮
美（うつく）しい₄	美麗的，美妙的	乗（の）り物（もの）₀	交通工具
優（やさ）しい₀	溫柔的；親切體貼的	箱（はこ）₀	箱子，盒子
親切（しんせつ）（な）₁	親切(的)	電子辞書（でんしじしょ）₄	電子辭典
元気（げんき）（な）₁	有精神(的)，健康(的)	パン₁	麵包
きれい（な）₁	美麗(的)；乾淨(的)	とても₀	非常
ハンサム（な）₁	英俊(的)，俊俏(的)	まあ₁	哎呀(女性在驚嘆時所用)

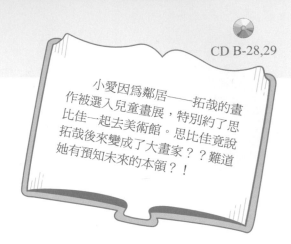

CD B-28,29

小愛因爲鄰居——拓哉的畫作被選入兒童畫展，特別約了思比佳一起去美術館。思比佳竟說拓哉後來變成了大畫家？？難道她有預知未來的本領？！

「ここが　<ruby>美術館<rt>びじゅつかん</rt></ruby>ですか。」

「はい。」

「まあ、<ruby>人<rt>ひと</rt></ruby>が　おおぜい　います。
<ruby>暑<rt>あつ</rt></ruby>いですね。<ruby>愛<rt>あい</rt></ruby>も　<ruby>暑<rt>あつ</rt></ruby>いですか。」

「いいえ、<ruby>暑<rt>あつ</rt></ruby>くないです。<ruby>大丈夫<rt>だいじょうぶ</rt></ruby>です。」

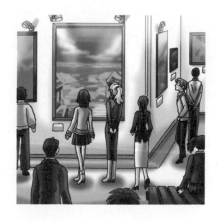

「<ruby>大<rt>おお</rt></ruby>きい　<ruby>絵<rt>え</rt></ruby>が　たくさん　あります。
<ruby>小<rt>ちい</rt></ruby>さい　<ruby>絵<rt>え</rt></ruby>も　たくさん　あります。」

「<ruby>美<rt>うつく</rt></ruby>しい　<ruby>村<rt>むら</rt></ruby>の　<ruby>絵<rt>え</rt></ruby>ですね。」

「そうですね。
<ruby>明<rt>あか</rt></ruby>るい　<ruby>空<rt>そら</rt></ruby>です。
<ruby>静<rt>しず</rt></ruby>かな　<ruby>海<rt>うみ</rt></ruby>です。
とても　<ruby>美<rt>うつく</rt></ruby>しいです。」

「<ruby>隣<rt>となり</rt></ruby>の　<ruby>部屋<rt>へや</rt></ruby>に　<ruby>子供<rt>こども</rt></ruby>たちの　<ruby>絵<rt>え</rt></ruby>が　あります。
<ruby>拓哉<rt>たくや</rt></ruby>くんの　<ruby>絵<rt>え</rt></ruby>も　あります。
<ruby>子供<rt>こども</rt></ruby>たちの　<ruby>絵<rt>え</rt></ruby>を　<ruby>見<rt>み</rt></ruby>ますか。」

「はい、<ruby>見<rt>み</rt></ruby>ます。」

「この絵が　拓哉くんの　絵です。」

「この絵は　とても　有名です。

桜田拓哉は　とても　有名な　画家です。

彼の　絵は　とても　高いです。」

「えっ、拓哉くんは　8歳ですよ。

小さい　男の子です。」

「桜田拓哉は　富士山の　絵を　かきました。

その絵は　2108年から　2112年ごろまで

22世紀の　美術館に　ありました。」

「22世紀？！！！」

Q&A

①愛と　スピカは　どこに　いますか。

_____

②美術館は　寒いですか。

_____

③村の　絵の　海は　静かですか。

_____

④愛と　スピカは　拓哉の　絵を　見ましたか。

_____

文型

11-1 <ruby>大<rt>おお</rt></ruby>きい <ruby>犬<rt>いぬ</rt></ruby>が　います。

$\left.\begin{array}{l} \text{<ruby>熱<rt>あつ</rt></ruby>い} \\ \text{<ruby>冷<rt>つめ</rt></ruby>たい} \\ \text{<ruby>安<rt>やす</rt></ruby>い} \end{array}\right\}$　コーヒーが　あります。

<ruby>山田<rt>やまだ</rt></ruby>さんは　$\left\{\begin{array}{l} \text{いい} \\ \text{<ruby>優<rt>やさ</rt></ruby>しい} \\ \text{<ruby>楽<rt>たの</rt></ruby>しい} \end{array}\right\}$　<ruby>人<rt>ひと</rt></ruby>です。

▶ <ruby>太<rt>ふと</rt></ruby>い　<ruby>木<rt>き</rt></ruby>が　あります。

▶ <ruby>小<rt>ちい</rt></ruby>さい　<ruby>虫<rt>むし</rt></ruby>が　います。

▶ これは　<ruby>軽<rt>かる</rt></ruby>い　かばんです。

▶ <ruby>富士山<rt>ふじさん</rt></ruby>は　<ruby>高<rt>たか</rt></ruby>い　<ruby>山<rt>やま</rt></ruby>です。

11-2 ナイル川は　有名な　川です。

これは　{ きれいな / 丈夫な / 大切な }　かばんです。

吉田さんは　{ 親切な / ハンサムな / まじめな }　人です。

▶ 東京は　にぎやかな　町です。
▶ 自動車は　安全な　乗り物です。
▶ 電子辞書は　便利な　物です。
▶ 富士山は　きれいな　山です。

ナイル川：尼羅河

11-3

A：このパンは　おいしいですか。

B1：はい、おいしいです。

B2：いいえ、おいしくないです。

（＝くありません）

わたしの　部屋は　｛狭い　古い　暗い｝　です。

わたしの　部屋は　｛広　新し　明る｝　くないです。

▶ このカメラは　高いです。

▶ この箱は　重くないです。

▶ わたしの　コートは　厚くないです。

特殊的い形容詞

A：この本は　いいですか。

B1：はい、いいです。

B2：いいえ、~~いくないです。~~　（~~いくありません。~~）

　　⇒よくないです。（＝よくありません。）

いいです
＝
よいです

11-4
A：あの公園は　静かですか。
B1：はい、静かです。
B2：いいえ、静かでは　ありません。
　　　（＝じゃ　ありません）

青木さんは　{ 親切 / 元気 }　です。

山本さんは　{ 丈夫 / 暇 }　では　ありません。

▶ パスポートは　大切です。
▶ A：この寺は　有名ですか。
　　B：いいえ、有名では　ありません。

成對記憶
最有效率！

い形容詞				な形容詞	
いい	⇔ 悪い	明るい	⇔ 暗い	にぎやかな	⇔ 静かな
大きい	⇔ 小さい	広い	⇔ 狭い	便利な	⇔ 不便な
重い	⇔ 軽い	高い	⇔ 低い、安い	危険な	⇔ 安全な
新しい	⇔ 古い	早い、速い	⇔ 遅い	簡単な	⇔ 複雑な
太い	⇔ 細い	易しい	⇔ 難しい	**な形容詞vs.い形容詞**	
暑い	⇔ 寒い	近い	⇔ 遠い	きれいな	⇔ 汚い
熱い	⇔ 冷たい	長い	⇔ 短い	暇な	⇔ 忙しい
厚い	⇔ 薄い	おもしろい	⇔ つまらない	簡単な	⇔ 難しい

Ⅰ 例）わたし　は　愛です。

①先生□　かばん□　重いです。

②ジョンさん□　家□　遠いです。

③熱い　コーヒー□　飲みますか。

④太い　木□　細い　木□□が　あります。

⑤教室□　きれいな　花□　あります。

Ⅱ 例）このかばんは　重いですか。→　いいえ、（　重くないです　）。

①その本は　安いですか。

→　いいえ、（　　　　　　　　　　　　　　　　　　　　　　）。

②その辞書は　いいですか。

→　いいえ、（　　　　　　　　　　　　　　　　　　　　　　）。

③あしたの　試験は　簡単ですか。

→　いいえ、（　　　　　　　　　　　　　　　　　　　　　　）。

④あなたの　部屋は　きれいですか。

→　いいえ、（　　　　　　　　　　　　　　　　　　　　　　）。

⑤新宿は　静かですか。

→　いいえ、（　　　　　　　　　　　　　　　　　　　　　　）。

Ⅲ 例）これは　大きいです。　⇔　あれは　＿小さい＿　です。

①この鉛筆は　長いです。　⇔　その鉛筆は　＿＿＿＿＿＿です。

②今日は　暇です。　⇔　あしたは　＿＿＿＿＿＿＿＿です。

③この映画は　おもしろいです。　⇔　あの映画は　＿＿＿＿＿＿＿＿＿＿です。

④映画館は　広いです。　⇔　わたしの　部屋は　＿＿＿＿＿＿です。

⑤この本は　新しいです。　⇔　その本は　＿＿＿＿＿＿です。

⑥この自転車は　高いです　⇔　あの自転車は　＿＿＿＿＿＿です。

Ⅳ 例）東京は　（　にぎやかな　）　町です。

①田中さんは　（　　　　　　　）　人です。

②富士山は　（　　　　　　　　）　です。

③地下鉄は　（　　　　　　　　）　乗り物です。

④これは　（　　　　　　　）　問題です。

⑤パスポートは　（　　　　　　　　）　です。

| ~~にぎやか~~ | 安全 | ハンサム | 簡単 | 有名 | 大切 |

 話しましょう

CD B-30,31

Ⅰ

A：①<u>きれいな</u>　②<u>部屋</u>ですね。

B：ありがとうございます。

A：わたしの　②<u>部屋</u>は　①<u>きれいでは</u>　ありません。

（1）①丈夫な　　　②傘

（2）①便利な　　　②かばん

（3）①にぎやかな　②町

Ⅱ

A：この①<u>パソコン</u>は　②<u>高い</u>ですか。

B：いいえ、その①<u>パソコン</u>は　②<u>高くない</u>です。

A：そうですか。この①<u>パソコン</u>を　ください。

（1）①りんご　　②酸っぱい

（2）①お菓子　　②甘い

（3）①かばん　　②重い

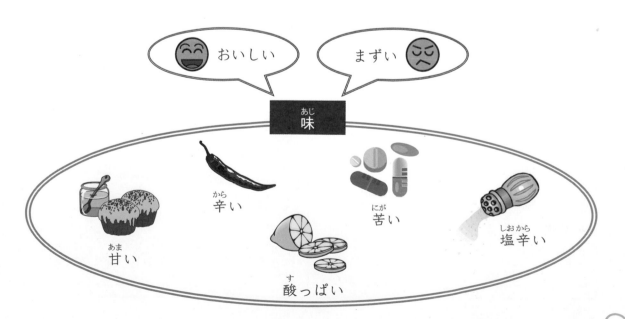

	単語		CD B-32

どんな1	什麼樣的	<ruby>洗濯<rt>せんたく</rt></ruby>0	洗衣服
どう1	如何，怎樣	スカート2	裙子
<ruby>何色<rt>なにいろ</rt></ruby>0	什麼顏色	セーター1	毛衣
▼		デジカメ0	數位相機
<ruby>青い<rt>あお</rt></ruby>2	藍色的	<ruby>機能<rt>きのう</rt></ruby>1	功能，機能
<ruby>赤い<rt>あか</rt></ruby>0	紅色的	<ruby>秘密<rt>ひみつ</rt></ruby>0	秘密
<ruby>黒い<rt>くろ</rt></ruby>2	黑色的	<ruby>音楽<rt>おんがく</rt></ruby>1,0	音樂
<ruby>白い<rt>しろ</rt></ruby>2	白色的	▼	
<ruby>長い<rt>なが</rt></ruby>2	長的	<ruby>実は<rt>じつ</rt></ruby>2	說實在的，其實
<ruby>短い<rt>みじか</rt></ruby>3	短的	やっと0,3	好不容易，終於
おもしろい4	有趣的	みんな3	全部；大家
つまらない3	無聊的	じゃ／じゃあ1	那麼
<ruby>難しい<rt>むずか</rt></ruby>0,4	難的，困難的	でも1	可是，但是
<ruby>易しい<rt>やさ</rt></ruby>0	容易的，簡單的	▼	
<ruby>忙しい<rt>いそが</rt></ruby>4	忙的，忙碌的	<ruby>終わります<rt>お</rt></ruby>4【<ruby>終わる<rt></rt></ruby>0】	結束，終了
<ruby>少ない<rt>すく</rt></ruby>3	少的，不多的	<ruby>話します<rt>はな</rt></ruby>4【<ruby>話す<rt></rt></ruby>2】	說，談
<ruby>簡単<rt>かんたん</rt></ruby>(な)0	簡單(的)	<ruby>疲れます<rt>つか</rt></ruby>4【<ruby>疲れる<rt></rt></ruby>3】	疲累
<ruby>単純<rt>たんじゅん</rt></ruby>(な)0	單純(的)，簡單(的)	わかります4【わかる2】	懂，了解；知道
<ruby>複雑<rt>ふくざつ</rt></ruby>(な)0	複雜(的)		
<ruby>不思議<rt>ふしぎ</rt></ruby>(な)0	不可思議(的)		
▼			
<ruby>店<rt>みせ</rt></ruby>2	商店，店舖		
アルバイト3	打工，兼差		
<ruby>高校<rt>こうこう</rt></ruby>0(<ruby>高等学校<rt>こうとうがっこう</rt></ruby>5)	高中		
～<ruby>年生<rt>ねんせい</rt></ruby>	～年級學生		
<ruby>人間<rt>にんげん</rt></ruby>0	人，人類		
<ruby>言葉<rt>ことば</rt></ruby>3	語言；話，言詞		

CD B-33,34

小愛總覺得思比佳好像隱藏
著什麼秘密，今天她打算把心中
長久以來的疑問一次問個清楚。

「やっと 試験(しけん)が 終(お)わりました。」

「難(むずか)しいのも 易(やさ)しいのも ありました。
疲(つか)れました。」

「あしたは 休(やす)みです。あしたは 暇(ひま)ですか。」

「ごめんなさい。あしたは フレアの コンサートです。」

「フレア？」

「わたしの 姉(あね)です。」

「お姉(ねえ)さんは どんな 人(ひと)ですか。」

「とても 優(やさ)しい 人(ひと)です。写真(しゃしん)を 見(み)ますか。」

「はい。」

「姉(あね)の フレアと 妹(いもうと)の コロナです。」

「きれいな お姉(ねえ)さんですね。」

「フレアは 音楽(おんがく)の 先生(せんせい)です。
妹(いもうと)の コロナは 高校(こうこう)3年生(さんねんせい)で、
とても 元気(げんき)です。」

「スピカ。チッピーは 犬(いぬ)ですね。」

「・・・。ええ。・・・。」

「でも、言葉(ことば)を 話(はな)しました。」

「ごめんなさい。チッピーは 犬(いぬ)では ありません。
ロボットです。」

「ロボット！？？？？」

・・・・・・・・・・・・・・・・
ごめんなさい：抱歉，對不起

「チッピーは　ロボットですか。

　　どんな　ロボットですか。」

「チッピーは　掃除を　します。

　　料理も　します。洗濯も　します。

　　たくさん　仕事を　します。

　　言葉も　話します。

　　便利な　ロボットです。」

「すごい！・・・。

　　スピカの　家の　かぎは　指です。

　　スピカの　パソコンは　紙です。

　　スピカの　時計は　携帯電話です。不思議です。

　　その携帯は　いつ　買いましたか。」

「２１１５年ごろ　買いました。」

「えっ？　２１１５年ごろ・・・？　２２世紀？？？」

「ええ。実は　わたしは　２２世紀の　人間です。」

「・・・じゃあ、お父さん、お母さん、フレアさん、コロナさん、

　　みんな　２２世紀の　人ですか。」

「そうです。秘密ですよ。」

「・・・。わかりました。・・・。」

Q&A

① フレアの　コンサートは　いつですか。

_____

② フレアは　どんな　人^{ひと}ですか。

_____

③ チッピーは　どんな　仕事^{しごと}を　しますか。

_____

④ スピカは　いつ　携帯電話^{けいたいでんわ}を　買^かいましたか。

_____

⑤ スピカの　お父^{とう}さんは　２１世紀^{にじゅういっせいき}の　人^{ひと}ですか。

_____

文型

12-1

A：友達は　<u>どんな</u>　人ですか。
B：明るい　人です。

▶ A：コンビニは　どんな　店ですか。
　 B：便利な　店です。

▶ A：東京は　どんな　町ですか。
　 B：にぎやかな　町です。

▶ A：あの画家の　絵は　どんな　絵ですか。
　 B：とても　きれいな　絵です。

12-2

A：日本の　映画は　<u>どうですか</u>。
B1：おもしろいです。
B2：おもしろくないです。

▶ 　A：アルバイトは　どうですか。
　 B1：忙しいです。
　 B2：忙しくないです。
　 B3：暇です。
　 B4：楽しいです。
　 B5：つまらないです。

▶ 　A：パソコンは　どうですか。
　 B1：便利です。
　 B2：便利では　ありません。

▶ 　A：東京は　どうですか。
　 B1：にぎやかです。
　 B2：にぎやかでは　ありません。

12-3 わたしの　家は　大きいです。<u>でも</u>、古いです。

▶ このかばんは　とても　丈夫です。

　でも、（このかばんは）　重いです。

▶ わたしの　部屋は　狭いです。

　でも、友達の　部屋は　広いです。

▶ あの店の　ラーメンは　おいしいです。

　でも、餃子は　おいしくないです。

▶ 謝さんは　親切です。

　でも、山田さんは　親切では　ありません。

▶ 今日は　日曜日です。

　でも、（わたしは）　仕事を　します。

12-4 長い　スカートも　短い　スカートも　あります。
　　＝長い<u>の</u>も　短い<u>の</u>も　あります。

▶ 眼鏡が　あります。高いのは　30000円で、安いのは　500円です。

▶ A：何色の　セーターを　買いましたか。

　B：青いのも　赤いのも　買いました。

▶ デジカメは　単純なのも　複雑なのも　あります。
　単純なのは　安いです。でも、機能が　少ないです。

▶ A：これは　陳さんの　傘。これは　林さんの　傘。

　　この黒いのは　・・・だれの　傘ですか。

　B：その黒いのは　・・・・・・わかりません。

I 例) わたし は 愛です。

① 大学 □ 勉強は おもしろいですか。

② 父は 医者 □ 母は 先生です。

③ あの人は アナウンサー □ 中村さんです。

④ 靴が たくさん あります。青い 靴 □ 赤い 靴も あります。

⑤ きれいな 魚ですね。大きい □□ 小さい □□ います。

II 例) どんな ビルが ありますか。 （高い・低い）

　　 → 高い ビルも 低い ビルも あります。

　　　 高いのも 低いのも あります。

① どんな 絵が ありますか。 （明るい・暗い）

　　 →

② どんな 本が ありますか。 （簡単・難しい）

　　 →

③ 何色の シャツを 買いましたか。 （赤い・白い）

　　 →

④ どんな お菓子を 食べますか。 （甘い・辛い）

　　 →

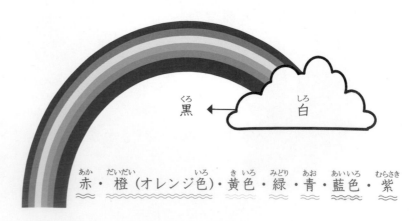

黒 ← 白

赤・橙（オレンジ色）・黄色・緑・青・藍色・紫

Ⅲ 例） メロンは　高いです。でも、バナナは　{ 高い・(安い) }　です。

① このコーヒーは　熱いです。でも、あのコーヒーは　{ 寒い・冷たい }　です。

② 銀行は　遠いです。でも、スーパーは　{ 近い・短い }　です。

③ わたしの　かばんは　重いです。でも、鈴木さんのは　{ 細い・軽い }　です。

④ 夏休みは　楽しいです。でも、とても　{ 暑い・寒い }　です。

e 研講座

身體感覚　　　　　　　　　　　　　物體温度

℃
100　　熱い
90
80
70
60
50
40　　暑い
30　　暖かい
20　　涼しい
10　　寒い
0　　冷たい
-10

▶ きょうは　暑いです。（炎熱）
▶ きょうは　暖かいです。（温暖）　　▶ このお茶は　熱いです。（熱，燙）
▶ きょうは　涼しいです。（涼爽）　　▶ このビールは　冷たいです。（冰，冷）
▶ きょうは　寒いです。（寒冷）

日本語大好き

話しましょう

CD B-35,36,37

I

A：①<u>お父さん</u>は　どんな　人ですか。

B：②<u>おもしろい</u>　人です。

（1）①先生　　　　　　②優しい
（2）①友達　　　　　　②親切
（3）①お母さん　　　　②元気

性格

明るい・暗い・冷たい・
強い・厳しい・まじめ・
（　　　　　）

II

A：①<u>日本語の　勉強</u>は　どうですか。

B：②<u>難しい</u>です。でも、③<u>楽しい</u>です。

（1）①新しい　部屋　　　②きれい　　　③狭い
（2）①仕事　　　　　　　②忙しい　　　③おもしろい
（3）①この辞書　　　　　②便利　　　　③高い

応用会話

A：りんごを　買いますか。

B：そうですね。

A：いくつぐらい　買いますか。
　　大きいのも　小さいのも　あります。大きいのは　3つで　500円です。
　　でも、小さいのは　3つで　400円です。

B：じゃあ、大きいのを　6つ　買います。

A：すみません。りんごを　ください。大きいのを　6つ　ください。

130

<ruby>索引<rt>さくいん</rt></ruby>

（註：外來語後以＜＞標示語源出處，
未標明國名者表示源自英語。）

う

お

え

補充語彙（補充單字）
ほじゅうごい

L2

p15 日本₂ （日本）
にほん

名前₀ （名字，名稱）
なまえ

学校₀ （學校）
がっこう

小学校₃ （小學）
しょうがっこう

中学校₃ （國中）
ちゅうがっこう

高等学校₅ （高中）
こうとうがっこう

高校₀ （高中）
こうこう

専門学校₅ （專科學校）
せんもんがっこう

専門学校生₅ （專科生）
せんもんがっこうせい

大学院₄ （研究所）
だいがくいん

大学院生₅ （研究生）
だいがくいんせい

職業₂ （職業）
しょくぎょう

アナウンサー₃（播音員＜announcer＞）

医師₁ （醫師）
いし

医者₀ （醫生）
いしゃ

看護師₃ （護理師，護士）
かんごし

店員₀ （店員）
てんいん

作家₁ （作家）
さっか

警官₀ （警官）
けいかん

教師₁ （教師）
きょうし

運転手₃ （司機）
うんてんしゅ

主婦₁ （家庭主婦）
しゅふ

画家₀ （畫家）
がか

歌手₁ （歌手）
かしゅ

俳優₀ （演員）
はいゆう

エンジニア₃ （工程師＜engineer＞）

p19 中国₁ （中國）
ちゅうごく

韓国₁ （韓國）
かんこく

フランス₀ （法國＜France＞）

インドネシア₄ （印尼＜Indonesia＞）

ドイツ₁ （德國＜荷Duits＞）

アメリカ₀ （美國＜America＞）

★台湾₃ （台灣）
たいわん

L3

p27 文房具₃ （文具）
ぶんぼうぐ

紙類₂ （紙類）
かみるい

辞書₁ （辭典，字典）
じしょ

雑誌₀ （雜誌）
ざっし

L4

p41 白菜₃,₀ （白菜）
はくさい

じゃが芋₀ （馬鈴薯）
いも

きゅうり₁ （小黃瓜）

にんじん₀ （紅蘿蔔）

ねぎ₁ （蔥）

バナナ₁ （香蕉＜banana＞）

メロン₁ （哈密瓜＜melon＞）

L5

p50 窓₁ （窗）
まど

カーテン₁ （窗簾＜curtain＞）

ベッド₁ （床＜bed＞）

ふとん₀ （被子，被褥）

電気₁ （電燈）
でんき

カレンダー2　（月曆＜calendar＞）

たばこ0　（香菸）

はいざら
灰皿0　（菸灰缸）

ギター1　（吉他＜guitar＞）

れいぞうこ
冷蔵庫3　（冰箱）

スプーン2　（湯匙＜spoon＞）

フォーク1　（叉子＜fork＞）

ナイフ1　（餐刀＜knife＞）

はし1　（筷子）

コップ0　（杯子＜荷kop＞）

ちゃわん0　（飯碗；茶碗）

カップ1　（有把手的杯子＜cup＞）

せっけん0　（肥皂，香皂）

L 6

ばしょ
p59　場所0　（場所，地點）

じ む しょ
事務所2　（辦公室）

たいしかん
大使館3　（大使館）

ホテル1　（旅館，飯店＜hotel＞）

ゆうえんち
遊園地3　（遊樂園）

どうぶつえん
動物園4　（動物園）

L10

た　もの
p104　食べ物3,2　（食物）

パン1　（麵包＜葡pão＞）

すきやき0　（壽喜燒）

てんぷら0　（天婦羅）

そば1　（蕎麥麵）

うどん0　（烏龍麵）

すし2,1　（壽司）

の　もの
飲み物2　（飲料）

ミルク1　（牛奶＜milk＞）

コーラ1　（可樂＜cola＞）

ウイスキー3　（威士忌＜whisky＞）

ちゃ
ウーロン茶3　（烏龍茶）

も
p108　持ちます3【持つ1】　（拿）

お
起きます3【起きる2】　（起床）

かけます3【かける2】　（打［電話］）
　　　　　　　　　　　　　　　　でんわ
　　　　　　　　　　　　➤ 電話をかけます

な
投げます3【投げる2】　（拋，擲）

ね
寝ます2【寝る0】　（睡覺）

き
来ます2【来る1】　（來）

L 11

まる
p115　丸い0　（圓的）

あぶ
危ない0,3　（危險的）

おもしろい4　（有趣的）

つまらない3　（無聊的）

いそが
忙しい4　（忙碌的）

わか
若い2　（年輕的）

かわいい3　（可愛的）

きたな
汚い3　（骯髒的）

わる
p118　悪い2　（壞的）

ほそ
細い2　（細的）

うす
薄い0　（薄的）

ひく
低い2　（低的）

はや
早い2　（早的）

はや
速い2　（快的，快速的）

おそ
遅い0　（晚的；慢的）

やさ
易しい0　（容易的）

むずか
難しい0,4　（難的）

ちか
近い2　（近的）

とお
遠い0　（遠的）

な が
長い 2 （長的）

みじか
短い 3 （短的）

き けん
危険な 0 （危險的）

かんたん
簡単な 0 （簡單的）

ふくざつ
複雑な 0 （複雜的）

p121 まずい 2 （難吃的）

から
辛い 2 （辣的）

にが
苦い 2 （苦的）

しおから
塩辛い 4 （鹹的）

L 12

p128 くろ
黒 1 （黑，黑色）

しろ
白 1 （白，白色）

あか
赤 1 （紅，紅色）

だいだい
橙 3 （橙，橘色）

き いろ
黄色 0 （黃色）

みどり
緑 1 （綠，綠色）

あお
青 1 （藍，藍色）

あいいろ
藍色 0 （靛色）

むらさき
紫 2 （紫，紫色）

p130 せいかく
性格 0 （性格，個性）

つよ
強い 2 （強的，強悍的）

きび
厳しい 3 （嚴格的，嚴屬的）

監修

e日本語教育研究所代表、淑徳大学准教授　白寄まゆみ

著者

e日本語教育研究所

林 隆子・森本礼子・太田絢子・矢次 純 ・藤井節子

中里徹哉・桜井敏夫・林瑞景

ＣＤ録音

元NHKアナウンサー：瀬田光彦

聲優：伊藤香絵（愛）

宮本春香（スピカ）

明田祐季

・・・

e日本語教育研究所

http://www.enihongo.org

JLPT 滿分進擊 系列

三民日語編輯小組　彙編
眞仁田　榮治　　　審訂

新日檢制霸！N5 單字速記王

全面制霸新日檢！赴日打工度假、交換留學、求職加薪不再是夢想！

★ 獨家收錄「出題重點」單元
★ 精選必考單字
★ 設計 JLPT 實戰例句
★ 提供 MP3 朗讀音檔下載

本系列書集結新制日檢常考字彙，彙整文法、詞意辨析等出題重點，並搭配能加深記憶的主題式圖像，讓考生輕鬆掌握測驗科目中的「言語知識（文字・語彙・文法）」。

國家圖書館出版品預行編目資料

日本語大好き－我愛日本語 I ／e日本語教育研究所
編著.－－初版九刷.－－臺北市：三民，2022
　　冊；　公分
　　含索引
　　ISBN 978-957-14-4636-3 （精裝）

803.18　　　　　　　　　　　　　　　　95023798

日本語大好き－我愛日本語 I

編 著 者	e日本語教育研究所 （白寄まゆみ 監修）
內頁繪圖	陳書嫻（本文）　吳玫青（會話）
發 行 人	劉振強
出 版 者	三民書局股份有限公司
地　　址	臺北市復興北路 386 號（復北門市） 臺北市重慶南路一段 61 號（重南門市）
電　　話	(02)25006600
網　　址	三民網路書店 https://www.sanmin.com.tw
出版日期	初版一刷 2007 年 3 月 初版九刷 2022 年 10 月
書籍編號	S806781
Ｉ Ｓ Ｂ Ｎ	978-957-14-4636-3

三民書局